亦

舒

作

品

亦舒
作品
11

亦舒 著

天若有情

湖南文艺出版社
HUNAN LITERATURE AND ART PUBLISHING HOUSE

博集天卷
CS·BOOKY

目
录

天

若

有

情

三 _121

世上所有事都得付出代价，
那代价又永远比你得到的多一点，
我们永远得不偿失。

四 _187

有时，
什么都看不见，听不见，
最好不过，至少有益身心。

只有最轻浮及肤浅的人，才会去查根问底，揭人家隐私，硬是要知道究竟底细，还佯装关心。

二○二○年，大都会。

卜求真不相信她会活到这个年纪。

少年时她认为三十岁是人生极限，壮年时又觉得人到五十岁，万事皆休，可是她安然度过大限，一直活一直活，活得不知多好，直到二○二○年。

豁达爽朗如她，都已经不大肯提到年龄。

别误会，她非常享受人生，每天为自己安排丰富节目，每个钟头都不虚度，她完全知道时间去了何处，只是惆怅时间过得太快。

想到此际，求真会得意地耸耸肩。"快乐不知时日过呵，总比度日如年的好。"

头发已经斑白，可是剪得很短，皮肤尚可，但笑起来眉梢眼角均有皱纹，身段保养极佳，不过长期伏案写作，职业病，背脊略见佝偻。

看上去并不像个小老太太，现代人不知是可喜还是可悲，从前，过了四十岁就名正言顺做中年人，还有，五十岁一到，自称老人家也无所谓，可是到了今天，许多人年近花甲还扮精神奕奕，求真认为这是一种心理负累。

不过，她一个人怎么力挽狂澜呢？随着潮流，她亦参加了专科医生办的健康班，借助药物，试图压抑衰老内分泌。

她已自报馆退休，自由写作，因薄有积蓄，生活得不错。

结过两次婚，一次和平分手，一次比较激动，求真一直没有得到丰盛的、异性的爱，但她不予计较，一个人的生命中，总有遗憾，这不过是最低限度的损失，她在工作上的成绩，足以弥补一切不足。

乐观也是她看上去比较年轻的主要原因。

这件事发生的时候，她站在豪华游轮"皇家威京"号的甲板上。

船正驶往阿拉斯加，采取内湾航线，沿途观赏冰川奇景。

求真约了人。

多年的老朋友了。

退休后他怕冷，到处觅地方落脚，一次途经波拉波拉，一眼就爱上那地方，买一间木屋，住下来，没动过。

拨一拨手指数一数，已经好些年了。

上个月，求真自图书馆回来，接到一张传真："想同你见个面，小郭，琦琦。"

求真大乐，难得由他主动找她。

于是她同他开玩笑。"地点由我选，"知道他怕冷，"我们去游冰川。"

她所尊敬的小郭先生却无异议。"好，不过地点与时间由我选择。"

她挑了这艘船，挑了五月的某一天。

上了船已有两日一夜，小郭先生却尚未露面，求真也不去催他，只管听其自然。

这是一种尊重。

朋友要躲起来，想静一静，让他失踪一段时间好了，他自有分寸，闭关日期一过，必定自动出现，千万不要运用交情去逼他出来见人。

只有最轻浮及肤浅的人，才会去查根问底，揭人家隐私，硬是要知道究竟底细，还佯装关心。

求真当然不是一个无聊的人。

小郭没同她通音信，少说有十年，但他仍是她最钦佩的朋友之一，他一有消息，她立刻回应。

她懂得尊重人。

故此人家也尊重她。

她伏在甲板上看冰川，在庞大的千年玄冰底下，乘载一千游客的大轮船只得芝麻大小。

无论现代科学多么进步，同大自然比，仍然小巫见大巫。

"求真。"有人在背后叫她。

求真认得这个声音，她欣喜地转过头去。

她看到一个精神奕奕的老人，穿着电毡式发热长大衣，帽檐压在眉毛上。

"求真。"他的语气也一样高兴。

"小郭先生，你来了。"

"求真，你一点都没变。"

"唉，小郭先生，你认识我那年，我才二十五岁，怎会不变？"

"是吗，有那么久了吗？此刻的你看上去，也不过是壮年人而已。"

求真咧开嘴笑，逢人减寿，明知是最古老的撮哄术，但听了一样高兴。

"你也是呀，小郭先生，老当益壮。"

"我？我已耄耋，我不行了。"

但是他双目炯炯有神，仍然嬉皮笑脸，求真觉得小郭仍是小郭。

"我们到里头去叙旧。"

"不急，求真，稍等一会儿。"

"什么事？"

"你且慢回头，只管与我说话，然后，你可以不经意地看看左舷那对男女。"

求真忍不住"哧"一声笑出来。

没想到过了那么久的退休隐居生活，小郭仍然没忘记他是一个私家侦探。

"有啥好笑的？"小郭瞪她一眼。

求真连忙说："我在想，现在您老地位尊贵，德高望重，仍叫小郭，未免唐突。"

小郭却说："我乐意一辈子做小郭，你管我一百岁还是两百岁。"

　　求真莞尔，她知道他还没到一百岁，小郭先生今年八十岁左右。

　　求真一边闲谈，一边轻轻侧过头瞄向左舷。

　　她又笑了起来。

　　那边一排帆布椅子，张张都空着，哪里有人？

　　小郭亦转过头去："呀，他们进去了。"

　　求真不由得问："小郭先生，你现在还在办案子？"

　　"不，我早就结束营业，优哉游哉。"

　　"那，你为何追踪这一对男女？"

　　"兴趣。"他摊摊手。

　　求真许久没有这样开心，她忍不住又笑。

　　"卜求真，你那爱笑的毛病始终不改。"

　　"爱笑是毛病吗？小郭先生，余不敢苟同。"

　　小郭悻悻然。"怪不得你可以青春常驻。"

　　"小郭先生，我们的交情几达半个世纪，到了今天，或许你可以把大名告诉我，以便称呼。"

　　小郭狡狯地笑着说："我姓小名郭，你一向知道。"

　　求真明知他仍然不想披露真名，却笑道："说穿了，不外是叫家明或是国栋，更可能叫长庚，或许是锦辉。"

小郭知道这是激将法，只说："都是好名字，亏你想得出来。"

求真自知并非小郭对手，便转变话题："小郭先生，琦琦呢？"

"在船舱里。"

"不打算见我？"

"当然要见你。"

"还不带我去？"

"跟我来。"

求真忽然唐突冒失地问："你俩有没有结婚？"

小郭停住脚步，转过头来。"卜求真，多年不见，我总以为你那女张飞脾气会收敛一点，我又一次失望了。"

求真问："你还没回答我的问题。"

小郭看着求真。"你说到什么地方去了，琦琦是我最好的拍档，我们像兄弟姐妹一样，怎么会扯到婚姻上头去。"

"可是，你肯定爱她。"

"那自然，不过，我也爱你呀。"

求真立刻抓到痛脚。"那不行，我俩年纪相差太远，家母会反对。"

小郭立刻接上去，说："家父也不见得会赞成。"

然后他们相视大笑。

求真跟着小郭到头等舱第十三室敲门。

他向求真挤挤眼，说："我住三等舱。"

里头有人应："进来。"

那声音轻且软，正是记忆中琦琦的声音。

说也奇怪，这一对伙伴，求真认识他们多年，但是她从不知道小郭的名，以及琦琦的姓。

此时小郭忽然对求真说："你见到琦琦最好有个心理准备。"

求真一怔。

从事写作的她，多心是职业病。

她第一个想到的，便是琦琦生过一场病，健康大不如前，此刻可能坐在轮椅上了。

还有，她也许做过手术，要用义肢。

求真心中打个突，恻然。

她不由得摸摸手臂，感谢上帝，她身体非常健康。

求真轻轻推开舱门，说："琦琦，卜求真来了。"

她看到船舱套房的小客厅中坐着一个女郎，背对着他们。

女郎长发束起，穿件老式织锦旗袍，身段佳妙，背后看去，肩丰腰窄，像一个 V 字。

这是谁？

求真咳嗽一声，扬声："琦琦——"她怕她耳朵有点不大好。

谁知那背对着他们的女郎骤然转过身来。"求真，我在这里。"

求真猛然与她打一个照面，呆住，吓得往后退。

琦琦！

不错，她正是琦琦。

记忆中，琦琦比求真大几岁，可是此刻的琦琦，看上去只得二十余岁，脸容光洁无瑕，五官秀丽，正是当年卜求真第一次见到她的模样。

求真先是呆呆地看着她芙蓉般的笑脸，忽然之间鼻子酸了，双眼润湿，想到当年她自己何尝不是个标致女郎，穿卡其裤，白衬衫，戴一对银耳环，已经叫男生称赞，"卜求真无须衣装已是可人儿"，可是红颜弹指老，刹那芳华。求真摸了摸斑白的鬓角，忍不住问："琦琦，你把你自己怎么了？"

小郭一听，立刻顿足："女张飞就是女张飞。"

"求真，"琦琦婀娜地站起来，"多年不见，别来无恙乎？"

"托赖，还过得去，你呢？"

琦琦微笑。"不如你，求真，你真做得到优雅地老去，连头发都不染。"她握住求真的手，"我没有勇气，我妄想留住时光。"

"可是你做得很成功。"

小郭叹口气，在一旁坐下。

求真好奇地问："是哪个大国手的手术？几可乱真。"

琦琦笑了。"求真一张嘴活脱脱像她那支笔，锋利无比，老友都下不了台。"

小郭冷笑道："有勇无谋，所以她一生成绩止于此。"

求真立刻回嘴："可是我吃的穿的，也不比你差。"

琦琦诧异道："这同以前的聚会气氛没有什么不同嘛。"

求真却惆怅地答："有分别，现在斗完嘴，会觉得累。"

琦琦掩住嘴，俏丽地笑弯了腰。

求真到这个时候才由衷地说："琦琦，看见你真好。"

琦琦做二十世纪七十年代打扮，时光倒流，美艳中带些诡秘。

不过，不相干，琦琦的智慧与温柔仍然，琦琦仍是卜求真的好朋友。

琦琦终于解答了求真的疑难："我的医生，姓原。"

卜求真站起来，"啊"了一声，说："原来是鼎鼎大名的原医生。"

"正是他。"琦琦笑笑。

"他年纪也不小了吧？"

"我没见到他。"

求真讶异道："怎么会？"

"我已全身麻醉。"

原来如此。

"负责替我接头的人是小郭。"

求真看小郭一眼，他也真肯为她。

琦琦的声音很轻，十分感慨："在将醒未醒之际，我听到原医生与助手的对话，立刻有顿悟，可是彼时矫形手术已经完成，太迟了。"

"他说什么？"

"他说：'你看，换得了皮，换不了心，又有什么用。'"

"啊。"

"你瞧，求真，我此刻是多么滑稽：一颗七老八十的心，被困在少妇的躯壳内，不三不四，不老不小，连我自己都觉得好笑。"

琦琦语气中的嘲弄与悲哀是真实的。

求真却上下左右打量她。"之后，你还会不会老？"

小郭"哧"一声笑出来。

"什么样的高明手术都敌不过似水流年。"

求真叹息，颔首。

"求真，你最近的文字越发精练，充满活力。"

"退休后，不计较名利及营业额，压力显著减轻，一支笔也活了起来。"

"唉！小小的卜求真也已退休了。"

求真搔搔头，说："真不晓得时间通通溜到哪里去了。"

小郭说："我们这次聚会，大题目就是讨论时间。"

求真诧异道："时间？"

"或是正确地说，讨论一下，时间是否即系缘分。"

求真斟了一杯琥珀色的酒，一饮而尽。

她笑笑说："你的意思是，假使有少年来追求琦琦，琦琦会不会接受？"

没想到温柔的琦琦这次抢先回答："我一定接受。"

"什么？"求真惊异。

"我一生至大的遗憾是从未深爱过，我渴望被爱，也希望爱人。"

求真的眼光自然而然看向小郭。

小郭却心不在焉，站起来说："你们慢慢谈。"

求真问："你到何处去？"

他挤挤眼，说："我去看看甲板上有无美女。"

"祝你看得眼红。"

他出去了。

小郭一走，琦琦反而不再谈那个题目了。

求真说："我猜，在我们心底某处，有一部分，永远不会老，永不停止盼望，亦永不甘心服输。"

琦琦笑道："求真，你有孩子吗？"

求真摇头，说："没有。"

"也没有领养？"

"责任一样大。"

"可以寄养在育儿所里。"

"那还不如不要。"

"求真，你始终认真。"

求真讪笑道："哪里，追求完美，又不够力气，落得寂寞下场。"

琦琦拍拍她手背，说："我们也到甲板上去看看风景。"

琦琦披上一件黑色大氅，更显得肤光如雪，唇红齿白，她被求真看得不好意思起来。

"来，"求真说，"陪外婆散散步。"

才出门，就碰到一位年轻人，看到琦琦，热情地打招呼，爱屋及乌，顺便对求真说："伯母，走好。"

求真喃喃说："不是外婆，只是伯母吗？我赚了二十年了。"

琦琦啼笑皆非。

她俩碰到匆匆赶至的小郭。

"正想来找你，求真，过来，过来看这一对男女。"

求真问："就是刚才你叫我看的那对？"

"是，他们又出来了。"

小郭没有回头，但是眼珠子转往左边示意。

求真心中笑：真好兴致。

她把目光朝那个方向转过去。

不错，一男一女。

衣着考究而低调，修饰整洁，他俩正对坐着玩纸牌。

男的三十余岁，长得好不英俊，求真年轻的时候，像一切少女，喜欢俊男，自订一套评分制度，像这位先生，足可打九十分。

与他玩扑克牌的女子却已白发如银丝，是一位老太太，从脸坏身形看来，年轻的时候，想必也是个美女。

他们，可能是一对母子。

孝顺儿子亘古少见，这位先生十分难得。

这么些年了，求真也已炼成一对法眼，一眼瞄过去，她那资深记者灵敏的触觉已将整幅图画收在脑海中，她不觉有何异样。

求真问小郭："他们是谁？"

"你说呢？"

"母子，好出身，感情也融洽，懂得享受生活，此刻儿子陪母亲散心，媳妇与孙子稍后齐来会合。"

"说得很好。"

求真看向琦琦，问："事实不是这样吗？"

琦琦微笑道："适才何尝不是有人把你我当母女。"

求真一怔。

她当然知道都会中有一种男子的职业是服侍年长女性。

不，她摇摇头，人的气质受环境影响，这位俊朗的男士，肯定身家清白。

只见他们扔下纸牌，站起来，走到栏杆另一头去。

他搀扶着她，她靠在他肩膀上，他玉树临风，但是她已老得瘦弱佝偻了。

"求真，我要你记住两个名字。"

"请说。"

"那男子，叫列嘉辉，那女子，叫许红梅。"

名字相当普通，简直不容易记得住。

小郭再加一句："他们是情侣。"

求真立刻说："不可能。"

小郭瞪她一眼，说："什么都有可能，永不说没有可能，一声不可能便剔除了科学精神。"

求真忍气吞声，虽然大家都老了，但她始终视他为长辈，求真有个好处，她尊重长辈。

"而且，卜求真，你不用脑，你以前曾经见过这对男女，只不过早已丢在脑后。"

求真"啊哈"一声，说："小郭先生，我不至于如此不济，我若见过那位俊男，什么年份什么地点何种场合，讲过哪些话，保证记得。"

小郭似笑非笑地看住求真，说："我打赌你已浑忘。"

求真叫琦琦解围："琦琦，你管管他。"

琦琦说："这次我不帮你。"

"什么？"

"你见他们的时候，我也在场。"

求真"哗"一声叫出来，说："那是什么年份，咸丰年？"

琦琦笑道："不，没有那么远，约三十五年前，求真，在脑海中搜一搜。"

求真"呸"一声，说："三十五年前，那位列嘉辉先生才是三两岁的幼儿，所有小孩都一个样子，这不是考我功课，寻我开心吗？"

"他不是普通的幼儿，你会记得他。"

求真叹口气道："原来你们找我来玩猜谜游戏。"

琦琦笑了。

她仍与小郭同一阵线，由此可见，结不结婚并不重要。

求真替他们高兴。

她说："我早已退休，不喜绞脑汁，我弃权。"

小郭说："没出息！"

过了片刻，求真问："你不打算把故事告诉我？"

小郭斥责道："我满以为一个人的智慧会随年龄增加，我现在愿意公开承认错误。"

"竟为这种小事痛责我！"

小郭笑道："是！真痛快。"

"明知故犯。"

"现在要找个人来骂也不容易。"

琦琦接上去："不配挨骂的骂了他也失却身份。"

他俩还是一对。

求真说："我不知你们如何打发时间，我则有午睡的习惯。"岁月从来没饶过任何人。

小郭叹一声气，说："好！晚饭时分再见。"

求真故意如一个小老太太般跌跌撞撞走回舱房去，刺激年纪比她更大的小郭先生。

她按着了录音机，和衣躺床上，听一个柔和的女声讲故事："……话说凤姐自贾琏送黛玉往扬州去后，心中实在无趣，每到晚间，不过和平儿说笑一回，就胡乱睡了。这日夜间，正和平儿灯下拥炉倦绣，早命浓薰绣被，二人睡下……不知不觉已交三鼓……凤姐方觉星眼微朦，恍惚只见秦氏从外走来，含笑说道：'婶子好睡！我今日回去，你也不送我一程……"

卜求真的精魂渐渐随着那听过千百次的老故事飘出躯壳。

只听得灵魂问躯壳："今日往何处游荡？"

求真脱口答："往较美好较年轻的岁月去走走吧。"

灵魂轻笑道："为何恋恋不舍那个岁月？"

求真答："我也不明所以然，其实那个时候我一无所有，又比较迟钝，被人欺侮踢打也不晓得，我年轻时一点也不快乐。"

"那么，去，还是不去呢？"

"去，去，不去更无处可去。"

胡乱在青春期逛了一轮，一无所得。

求真觉得无聊，因问："你可记得一个叫列嘉辉的人？"

"给多一点提示。"

"他是一个英俊高大的男子，试试回到三十五年前去，当时他只是一名幼儿，可想相貌已十分俊秀。"

啊。

卜求真做梦了。

日历唰唰唰往前翻。

还是上一个世纪的事呢。

一九八五年的夏季。

卜求真刚自大学出来，在《宇宙日报》做记者，那正是她穿卡其裤白衬衫，用清水洗完脸即上街，连口红都懒得抹的全盛时期。

一个黄昏，像所有没有约会的黄昏一样，她跑到小郭侦探社去消磨时光。

喝一杯琦琦做的香浓咖啡，吃一角琦琦亲手做的美味糕点，绝对是至大享受。

小郭侦探社生意一向欠佳，小郭一直优哉游哉。

专等求真这样的朋友上来喝茶下棋聊天抬杠。

那一日两人又争得不亦乐乎。

题目是好人是否有好报。

求真记得她说的是："每一个人看自己都当自己是好人，至高至纯，心肠最软，故此都等着好报来临，唉，在别人眼中，尺度不同，阁下也许最老谋深算，损人不利己。"

小郭说："总有公认的好人。"

"我也身家清白，奉公守法，我算不算好人？"

"话太多了。"

"那么，装聋作哑，毫不关心是好人？"

"你没有逻辑，同你辩论没有意思。"

"咄！"

这时，小郭示意求真噤声。

求真抬起头来，她听到会客室有人声。

"……请问，郭先生可在？"

琦琦答："他在，请问贵姓，有没有预约？"

那女声说："我姓许，没有预约，但，我有介绍人。"

求真记得，许女士的声音非常好听，语气中有一股缠绵
之意，即使是报上姓名那么简单的几个字，也似欲语还休，
十分婉转动人。

琦琦说："我去看看他抽不抽得出时间。"

"啊，有客人上门来了。"小郭惆怅，他巴不得他们不要
来，名正言顺可以懒洋洋享受清闲。

推掉他们？好像说不过去，接待他们，又得乱忙，唉，
世事古难全。

小郭咳嗽一声。

这时，他们忽然听见幼儿咿咿呀呀的学语声。

求真大奇，孩子？绝少有人抱孩子到侦探社来。

侦探社是不祥之地，试想想，一个人恨另一个人恨到非
要揭他底牌，用作要挟，才会到侦探社来，这个地方，充满

仇恨，儿童不宜。

从来没有幼儿到过这里，小郭好奇，去拉开了门。

他没有示意求真离去，求真又怎么会自动识趣走开，别忘记，她是记者，任何新奇的事均不放过。

门外站着一个少妇，手抱一个幼儿。

求真眼前一亮。

那少妇年纪不轻了，恐怕早已过了三十关口，仍称她为少妇，是因为她脸上的艳光不减，而且，笑容中有俏皮之意。

她穿一件桃红色薄呢大衣，一手抱幼儿，另一手伸出来与小郭相握，自我介绍："许红梅。"

小郭有点目眩，连忙招呼许女士坐。

反而是求真，可以客观冷静地打量他们母子。

绝对是母子，而且，她极其钟爱这个孩子。

为什么？靠观察而来，第一，这年约两岁的男孩体重不轻，起码有十三公斤，可是少妇只需一只手臂，便把他稳稳抱在怀中，可见训练有素，自幼抱惯。

第二，穿着那样考究漂亮的淡色大衣，而不避幼儿小皮鞋践踏，可见把孩子放在首位，不是母亲，很难做得到彻底牺牲。

那孩子转过头来，一见求真，咧嘴便笑。"姆妈，姆妈妈妈妈妈。"

求真如见到一丝金光自乌云中探出，不由得趋向前，说道："啊，宝宝，你好吗？"

许女士笑道："他喜欢漂亮的姐姐。"

那孩子的面孔如小小安琪儿。

此时，小郭抬起头来，说："求真，我有公事，我们稍后再谈。"

啊，终于逐客。

求真依依不舍地离开小郭办公室。

那个幼儿，曾令求真后悔没有趁早生个孩子。

卜求真睁开眼睛。

想起来了。

夜阑人静，半明半灭间终于把三十五年前的往事自脑海最底部搜刮出来。

那一年，在小郭侦探社邂逅的美妇，正是许红梅女士，那么，那个小小男孩，也就是列嘉辉。

求真自床上坐起来，斟杯冰水喝。

掐指一算，年纪完全符合，时光飞逝，许红梅如今已是一个老妇,而列嘉辉早已长大成人。

当年牙牙学语的小家伙,可将之拥在怀中狠狠地亲他胖嘟嘟面颊的小东西,今日已是壮年人了。

能不认老吗?

求真缓缓坐下。

原来小郭同他们是旧相识,为什么不上前相认,为什么鬼鬼祟祟躲在一旁研究人家?

小老郭永远这样高深莫测。

求真把那一次会面的细节完全记起来了。

年纪大了,遥远的事情特别清晰,是日早餐吃了些什么东西,反而不复记忆。

求真记得许女士在小郭办公室逗留了一段相当长的时间。

她等了一个多小时,她还没从那房间出来,幼儿也好像很乖,没有作声。

求真有事,回了报馆。

那件事,从此搁到脑后。

到底许女士在密室里与小郭说过些什么话?

求真有点累,可是睡不着,她躺在床上去等天亮。

电话铃骤然响了起来,半夜三更,特别响亮。

求真知道这是谁。

她按下钮键："小郭先生，何以深夜不寐？"

果然是他。"求真，你想起来了吧？"

求真答："是，我的确见过她一次。"

"岁月无情。"

"是，当年的许红梅，诚然艳光四射。"

小郭感喟："现在我们都鸡皮鹤发了。"

求真抗议："我只需略加收拾，看上去不过是个老少年，你们就差得多。"

小郭气结："对对对，你是小妹妹。"

"小郭先生，那一天，许红梅女士在你办公室里说了些什么话？"

"反正睡不着，到甲板上来，我慢慢告诉你。"

"甲板？我薄有积蓄，我无须吃西北风。"

"那么，到三楼的咖啡厅。"

"给我十五分钟。"

"求真，不必化妆了。"

"小郭先生，此刻我自房中走到房门，已经要十分钟。"

小郭恻然："可怜，终于也成为老太太。"

他一时忘了自己更老。

求真套上大毛衣与披肩，匆匆出去见小郭。

小郭已在等她。

"我没有迟到。"

"坐下。"

求真连忙拿几个垫子枕住背脊，坐得舒舒服服。

小郭开口："好好地听故事。"

咖啡座上有几对客人，都是年轻情侣，精神好，聊得忘记时间。

有一个少女向小郭与卜求真努努嘴，说："看那边。"

她的伴侣一看，羡慕地说："啊，好一对年老夫妻。"

少女说："到了这种年纪，早已晋升为神仙眷属。"

"我们到了那个年纪，不知是否仍可像他们那般恩爱。"

少女朝伴侣嫣然一笑，道："那就要看你表现如何了。"

这当然是误会。

小郭与卜求真并非一对。

只听得小郭吸一口气，开始叙述："那一日，我把你请走之后——"

许女士把孩子抱在怀中，坐在小郭对面。

她秀丽的面孔忽然沉下来，满布阴霾。

幼儿像是累了，靠在她胸膛里，动也不动。

小郭羡慕所有孩子，那是人类的流金岁月，无忧无虑，成日就是吃喝玩乐。

小郭见她不出声，便试探："许小姐，你说你有介绍人？"

许红梅抬起头来，大眼睛闪过一丝彷徨的神色，她叹口气，说："是，介绍我到这里来的，是一位女士，她姓白。"

小郭耸然动容，他只认得一位姓白的女士，她在他心里，是重要人物。

"啊，请问有什么事？"他对许女士已另眼相看。

"郭先生，我想托你找一个人，只有这个人可以帮我。"

小郭已把全身瞌睡虫赶走，他前后判若两人，双目炯炯有神，凝视许女士，问道："你要找的，是什么人？"

"我要找的人，姓原，是一位医生。"

小郭立刻为难了，表情僵住。

许红梅看到小郭如此模样，轻轻叹口气，说："我也知道原医生不是一个电话可以找到的人。"

小郭摊摊手，说道："实不相瞒，原医生失踪了，无人知他下落。"

许红梅不语。

那幼儿在她怀中，已经安然入睡。

她轻轻摸一摸他的小手，仍然紧紧抱着。

小郭建议："把孩子放在沙发上睡一下如何？"

许红梅摇头："不，他会害怕的。"

小郭笑笑，他也以为他们是母子。

在这个年纪才育儿，自然比较溺爱。

"不觉得他重？"

"还好，"许红梅说，"可以支持。"

"你自己亲手带他？"

"家中有保姆，不过，我从来不让他单独与别人相处。"

"这孩子很幸福。"

许红梅答："我没有职业，我的工作便是服侍他。"

小郭见许女士一身名贵而含蓄的打扮，已知道她环境十分优游，不用担心生活。

他试探说："尊夫把你们照顾得很好。"

可是许红梅笑笑，说："我是一个寡妇。"

小郭一怔，不过，结婚是结婚，生子是生子，两回事，不相干。

他马上接受这个事实。

"孩子——"

"也不是我的儿子。"

小郭这才深深讶异了，不是亲生？"你是他姑妈，抑或阿姨？"

"郭先生，他叫列嘉辉，我深爱他，但是我与他，并无丝毫血缘关系。"

小郭面孔有点发烫，每逢他尴尬的时候，脸的外圈会自动发热。

"郭先生，要见原医生的，是列嘉辉，不是我，请你接受我的委托，替我们寻找原医生。"她的声音低下去。

小郭呆半晌。

"原医生想来不是失踪，他不过暂不见客，想避一避人。郭先生，你是他的好友，请他破一次例，见见我们。"

小郭无奈地说："就因为是他的朋友，所以才格外要体谅他，尊重他的意愿。"

许红梅焦急了，双目润湿。

"孩子有病吗？我可以推荐各个专科医生给你。"

许红梅落下泪来。

"许小姐，那位原医生，不是一般医生，他是个怪医。他的医术，与实用医学不挂钩。"

"我完全明白他是个什么样的医生。"

小郭叹息道："我且做一个讨厌人物，帮你找找他。"

许红梅略为宽心，抱起孩子，站起来。

她已练成举重高手而不自觉，小郭自问没有把握抱着十多公斤重物自那么软而深的沙发站起。

"有无消息，都请与我联络。"

"一定，许小姐，不过我真是一点把握也无。"

许红梅抱着幼儿离去。

小郭记得那孩子有一头乌浓可爱的头发。

听到这里，卜求真低嚷："果然不是母子！"

小郭点点头。

"你当时为什么不问孩子同她是什么关系？"

小郭瞪求真一眼。"人人像你，冒失鬼不日可统治宇宙，她是我客人，她不说，我怎么好问？"

"啐！"

小郭有点累，脱下帽子的他，一头平顶白发闪闪生光。

求真忽然问："头发中的黑色素全到哪里去了？"

小郭说："头皮细胞老化，不再生产。"

"可怜高堂明镜悲白发，朝如青丝暮成雪。"

"喂，你听不听故事？"

求真故意打个哈欠，说："没有什么好听的。"

"什么？"

"你当年没有替她找到原医生。"

被她猜中了，小郭心有不忿。

"如果当年被你找到了原医生，今日就不必对他俩避而不见了。"

小郭默默低下头，说："是，我交情不够，原医生对我不予理睬。"

"小郭先生，你不必耿耿于怀，像原医生那样的人，决定了一件事，无可挽回。"

小郭叹口气，说："大家把他神化了，这个人，好几次闭关，不见人，你当他在研究什么大事，其实他啥子也没干，只不过是谈恋爱。"

"人各有志，那诚然是他的人生大事。"

"见死不救！"

"可是许红梅与列嘉辉还不是好好活着，列嘉辉已是成年人，可见他幼时无论患什么症候，今日已经治愈。"

小郭怔怔道："说得是。"

"当年谁也找不着他，那位姓白的夫人同他那么熟，也束手无策，所以才推荐许红梅到你处，你不必内疚。"

"我好想告诉他们，原医生最近关了。"

"是，至少他见过琦琦。"

"琦琦同他另有渊源。"

啊，是另外一个故事。

"可是，三十多年过去了，当年再大的困难，今日已成过去，即使找到原医生，也已无用。"

"慢着，小郭先生，许红梅与列嘉辉到底为什么要见原医生？"

小郭呆住。

求真尖声问："你竟不知道，你竟没有问？"

小郭说："我只知道那一定是件很重要的事，于是我尽了全力，上天入地那样去搜索原某人。"

原氏当然不会让任何人找到。

小郭不算不尽力，他甚至找到原君私人电脑的通信密码，得以与电脑通话。

可是电脑如此忠告他："如果阁下真是原医生的朋友，请予原医生时间，请耐心等原医生出关，我会把你的名字登记，待原医生尽快复你。"

"可是我真有急事。"

"阁下的急事，并非原医生的急事。"

"我也是受人所托。"

"原医生最爱管闲事，但这次时间不对，欠缺缘分，不宜强求。"

"一部电脑，懂得什么叫作缘分。"

电脑冷笑一声，不与他申辩，自动熄灭，不予受理。

小郭托人在原君时常出没的地点找他，但原医生似真的失踪了，如一粒沙掉进戈壁，如一滴水落入大海口再也没有出现。

这件事成为小郭心头上的一根刺。

一个私家侦探，最重要的工作便是寻人，而小郭居然寻人失败。

他甚至找到了那位姓白的女士诉苦。

她对他好言相慰。

"小郭，看开点，这同你的能力无关，这时候老原可能根本不在太阳系以内。"

"那是另外一件事，我没把他联络上，却是事实。"

彼时小郭找他足足已有三年。

"然后，连许红梅也失了踪。"

白女士微笑着说："许红梅不难找。"

小郭不出声。

白女士问："你已知道许红梅的底细？"

"这我早已查清楚，她是证券业巨子许仲开的独生女，因为恋爱问题，同父亲闹翻，由继承人变成陌路人。"

白女士颔首。"据说，许仲开至今不明宝贝女儿怎么会心甘情愿放弃一个王国。"

小郭笑道："因为她爱上另一个王国。"

白女士说："是，列氏的财势，不下于许仲开。"

"而且是许仲开的敌人。"

白女士做这样的评论."感情这件事，不可理喻。"

"可以用'可怕'二字形容。"

白女士忽然说："小郭，你是男人，告诉我，你会不会爱上比你小四十岁的异性？"

小郭摇头。"我一向喜欢比较成熟的伴侣。"

"比你小四十岁的人也可能很懂事。"

"恋爱已经够痛苦，惊世骇俗的恋爱不是我这种平凡普通人可以享用。"

白女士笑了。

小郭连忙补上一句："也不是每个人会遇上。"

叙述到这里，天已经渐渐亮了。

在咖啡室闲聊的年轻情侣，也已逐渐散去。

小郭打了一个哈欠。

求真有一千一百个问题要问。

可是小郭说："我累了。"

求真知道他并非故意卖关子。"小郭先生，我送你回去休息。"

"我自己还走得动。"

求真还是把他送回舱房。

到了舱门，小郭忽然转过头来，说："求真，事到如今，我不得不承认叫我小郭有点滑稽，从此以后，你唤我老郭吧。"

求真用手做喇叭状罩住一只耳朵，说："你说什么，小郭先生？"

小郭进舱去了。

求真这才叹一口气。

什么叫力不从心？这就是了。

就在此时，有一只手伸进求真的臂弯。

"琦琦。"求真把那只手握得紧紧的。

"看，"琦琦指向海岸风景，"此乃万载玄冰。"

"最近也有融化的迹象了，科学家不知多担心。"

"求真，你好会煞风景。"

求真汗颜。"是，我太过实事求是了。"

她俩躲到人工温室，在奇花异卉旁边的藤椅上舒舒服服坐着聊天。

求真问："琦琦，你可知道许红梅年轻时的恋爱故事？"

琦琦欠欠身，四处看一看，说："背后议论人家的私生活，不大好吧。"

"咄，"求真不以为然，"你有更好的题目吗？"

琦琦笑道："不如讲讲格陵兰是否真会于下一世纪因融冰而消失在地球版图上。"

"那还不如讨论植物学家有无可能在三十年之内重建雨林。"

她俩相视大笑。

琦琦呷一口香茗，说："求真，我出身草根阶层，至大愿望不过是求温求饱，对富家千金的恋爱故事，并无兴趣。"

"据说当年此事相当轰动。"

"我也是听小郭说的。"

"那时，你我还没出世？"

琦琦说："你比我小，你大概还没有出世。"

"大约是什么年份？"

琦琦抬头想一想，说："约是一九六〇年。"

求真大大诧异："故事怎么越说越回去了？"

"是，彼时小郭还在他师傅处做学徒。"

"那时，许红梅小姐什么年纪？"

"也许十五岁，也许十六岁。"

"那么早就谈恋爱？"

"是，爱上了她父亲的仇人，比她大四十岁的列正。"

"列正，他也姓列？"

"是，他姓列。"

求真站起来，大声说："这么讲来，那列嘉辉明明就是列正的孩子！"

"我们查过，许红梅从来未曾生育。"

求真不服气地说："也许她躲起来养下这个孩子呢。"

"我们调查得十分彻底，他们的确不是母子，你可以忘记这一点。"

"把他们的故事告诉我。"

"故事很简单，列正有家室有孩子，且子女比许红梅年长，双方遇到极大阻挠，结果红梅离家出走，而列正亦与发妻离异，他俩终于正式结婚，那年许红梅二十一岁。"

"你看，没有离不成的婚！"

琦琦笑着说："真是，一个人没离婚，是因为他不想离婚。"

"故事结局十分美好呀。"

"是，我们在侦探社见到许红梅的时候，列正刚去世没多久。"

求真算一算，说："那位列先生得享长寿，活了八十岁。"

"许红梅一直同他在一起，这样经得起时间考验，双方家人都开始软化，尤其是前任列太太，真是位通情达理的夫人，力劝子女与列正和解。"

"结果他们有没有原谅父亲？"

"有。"

"是因为遗产分得均匀吧。"求真笑。

"你又来了。"琦琦揶揄。

这是卜求真的毛病，她从不美化事实。

　　当下她算一算。"故事自一九六〇年开始，迄今已有六十年历史，噫，我还以为我老了呢。"

　　就在这个时候，在一蓬蓬紫罗兰后边，传出一个优雅的声音。"你们算错了，故事开始的时候，我才十二岁，我记得很清楚，那是一九五八年的五月六日。"

　　求真与琦琦吓得面红耳赤，冲口而出："谁！"

　　有人轻轻拨开香氛扑鼻的紫罗兰。"我，许红梅。"

　　求真与琦琦一听，更窘至无地容身，巴不得挖一个地洞钻进去。

　　许红梅轻笑。

　　求真看到一双慧黠的眼睛。

　　呵，许女士的灵魂没有老。

　　"两位，请坐，我早已经留意到你们了。"

　　求真松口气。

　　许红梅缓缓走出来，坐在她们对面。

　　她说："主要是琦琦小姐的样子一点都没变。"

　　琦琦双耳烧至通红透明，一句话说不出来。

　　"小郭先生亦老当益壮，只是，这位小姐是谁呢？"

　　"我叫卜求真。"

"卜求真，"许红梅沉吟，"是《宇宙日报》的专栏作者卜求真吗？"

求真笑了。"正是在下。"她知道自己有点名气，但是没想到连不问世事的老太太也听过她是谁，不禁神采奕奕，如打了一支强心针。

"我看过你的高论，十分敬佩。"

"哪里哪里。"

"字里行间，对世情观察入微，毫无幻想，令读者戚戚焉。"

求真一愣。"是吗，我有那么悲观吗？"

"是通彻。"

"谢谢你，只怕没你说得那么好。"

那厢琦琦渐渐镇定下来，脸上红潮亦退却大半。

"你们对我的故事，好像很有兴趣。"

卜求真老实不客气地说："是。"

许女士笑了，眯着双眼，脸上布满皱纹，看上去十分可爱可亲。

"许女士，愿意把你的故事，告诉一个记者知道吗？"

"我的故事，同一些传奇性人物比较起来，只怕乏善足陈呢。"

"太客气了。"

"而且，船正往回驶，三天后就抵岸，从早说到夜，也不够讲几十年的事。"

"上岸后我到府上来，继续聆听。"

许红梅笑了。

琦琦也笑，心中想，求真你这个鬼精灵，胆大、皮厚，真有一手。

正在此际，船上服务员向她们走来。"啊，许女士，你在这里，列先生到处找你，十分焦急，请随我来。"

许红梅缓缓站起来，走出两步，然后再转过头来，求真知她有话要说，连忙趋向前去。

"你们三人，请于下午再同我联络。"

求真大喜。

琦琦也松口气。

许红梅随服务员轻轻离去。

求真兴奋地说："找到谜底了。"

"嗯。"琦琦附和。

"你看，"求真笑道，"小郭先生找她三十五年，一直不得要领，我一出现，即有结果，不由你不服吧。"

琦琦看着她笑道："服、服、服。"

好胜心数十年不变。

不过如今已进化为搞笑的题材。

她俩各自回舱，略事休息后，约同小郭一起午膳。

正谈笑间，忽见落地长窗外有一架直升机降落在甲板上，直升机身有一个红十字。

"嗯，"求真说，"有乘客病重，由直升机载返诊治。"

小郭火眼金睛地看着担架抬出来，忽然霍一下站起来，说："病人是许红梅。"

求真双眼略慢，却也已经看到担架边一个玉树临风的身形正是列嘉辉。

求真连忙丢下美食，奔往甲板。

已经来不及了，医务人员、病人，连同家属，一起上了直升机，在空中打了一个圈，便向岸边飞走。

疾风打得求真衣履尽乱。

小郭望着天空，说："你说怪不怪，她才要开口，就遇上急病。"

琦琦喃喃道："希望她有时间把她的故事说出来。"

求真到船长室去兜了一转。

"心脏病。"

琦琦说："那很简单，换一颗也就是了。"

"已经是人工心脏。"

"再换。"

小郭说："嗯，人类的寿命可以无休止延续下去，直至本人厌倦为止。"

琦琦忽然笑道："新三年，旧三年，缝缝补补又三年。"

求真再也不会放弃讲笑话的机会："你还修理得不错呀。"

"啐！"

求真又说："船上几个年轻小伙子一直盯着你。"

船将泊岸，年轻人问琦琦要通信地址。

琦琦只是推搪。

也难怪，皮相虽然秀丽灿烂，心事却已开到荼蘼。

求真揶揄琦琦："为何不把姿色善加利用？"

琦琦感喟："早知今日，不必多此一举。"

求真却又安慰她："不妨，你不会比我更笨，多少人在《宇宙日报》弄到一则专栏，乖乖隆底冬，不得了，利用它交际应酬、耀武扬威、自吹吹人、歌颂祖国、造谣生事，还有，收受利益，大做广告。我只利用过专栏收稿酬，很窝囊吧。

报馆一直嫌贵，也嫌我不识趣，太没有办法了。"

琦琦反而笑出来。"嘿，至高至纯至清的果然是你。"

"咄，"没想到求真是认真的，"我所说均系实话，这是我做事一贯作风，并不希祈你称赞。"

"既然如此，何必诉苦。"

"是，你说得对，我还不是圣人，歉甚。"

小郭这时诧异曰："两个女人聊起天来，真可以谈到天荒地老，宇宙洪荒。"

温馨一如老好从前。

"小郭先生，船泊了岸，我们立刻联络许红梅女士。"

"假如她还在人世。"

求真打一个哆嗦，说："不，她一定活着。"

小郭苦笑道："这恐怕不是由你决定的事呢！"

求真问："小郭先生，船上相遇，不是偶然吧。"

小郭答得好："过了二十一岁，还有什么偶然的事。"

琦琦代为解答："这几十年来，小郭一直跟着许列两位。"

"却没有上去认人。"

小郭摸着面孔，说："没有颜面。"

求真笑。

"我想告诉他们，原氏已经出关，医术亦已精湛过从前百倍，我愿意再替他们与原氏接触。"

"去，一上岸就做。"

船终于泊岸了。

下船时求真松一大口气。

"再过二十年，也许我会甘心被困在一艘豪华船上，此刻心还野，还是觉得坐船闷。"

小郭说："连我都无心欣赏风景。"

第二天小郭便找到列嘉辉。

"他已返家，许女士住院期间，他天天侍候在侧。"

求真心念一动。

母慈子孝，也自有个限度，二人如此情深一片，更像一对情侣。

"许女士救回来了，全身血液系统几乎都已更换，医生不表乐观，暂时性命无碍，可是生命时钟不知几时停顿。"

求真说："我去看她。"

"你要事先申请。"

"没问题。"

三天后，求真得到答复，许女士愿意见她。

与她联络的是列嘉辉本人，他谈吐有礼，十分客气。"卜小姐，她大病尚未痊愈，只能略谈几句。"

"我明白。"

第二天早上十时，求真已经抵达医院。

求真好久没如此精神，她睁大双眼，全神贯注，一如体力全盛时期充当见习记者。

许女士躺在空气调节的病房中。

房内气温、湿度、光线全由人工控制，空气里还加上一股令人愉快的清新剂，闭上眼睛，仿佛置身在春日的草原上。

许女士醒着，看见求真，牵牵嘴角，说："我们有约会。"

求真点点头，有点为难，许女士的身躯已接到维生系统上，怎么还有力气叙述她的一生？

信不信由你，说话需要很大的力气，人若知道讲话得费那么大的劲，就不会发表太多的意见。

只听得许女士说："力不从心……"

求真安慰她："慢慢说不迟，我们有缘分，你一定可以把故事告诉我。"

"据一位著名编剧家说，任何故事都可以三句话交代。"

"你的故事呢？"

"我的故事很简单。"

"能用三句话告诉我吗？"

许女士微笑着说："我们相爱，但是时间总是不对，十分凄苦。"

啊，单听这三句话，求真已觉哀怨缠绵。

"但是，你们不是有情人终成眷属吗？"

"我们贪婪，我们不愿分离。"

"无奈上天给我们多少我们就得接受多少。"

正谈得投契，打算一直说下去，看护进来。"卜小姐，时间到了。"

求真盼望地看着许女士，问："我明天还能来吗？"

"看，人人都想得到更多。"老人家莞尔。

求真腼腆。"追求更多更好是人类天性。"

"我谅解你的天性，不过我的情况不宜见客。"

看护在一旁煞风景地催："卜小姐。"

许红梅撑起身子来。"去，同嘉辉说，叫他把我的故事'卷一'给你。"

求真大喜。"你已写妥自传？"

看护忍无可忍，伸手来拉求真的手臂，她孔武有力，一下把求真挟持出房。

　　求真自知不当，还得向看护道歉。

　　她兴奋得双耳发烫，立刻着手去找列嘉辉。

　　都会虽大，即使住着上千万居民，真要找一个人，却还不难，况且求真并不想独吞许红梅的自传，她马上与小郭联络。

　　沙龙一般好去处的小郭侦探社早已关闭，令卜求真唏嘘。

　　此刻小郭住在郊外酒店式别墅里。

　　求真赴去见他。

　　半路上她已经与小郭通过话。

　　"小郭先生，请把列嘉辉行踪告诉我。"

　　"他应该在家，你试一试夕阳路一号。"

　　"他不用上班？"

　　"列氏无业，他自从大学毕业之后，一直陪伴许红梅。"

　　"什么？"

　　"以现代标准来说，实无出息，可是在那个时候，他会被视为情圣呢！"

　　"夕阳路与你那里只隔一条公路。"

　　"你可以顺便到我这里来。"

"我正想见琦琦。"

"你错了，琦琦从未试过与我同居。"

"我并没有那样暗示。"

"少废话。"

求真把车子驶到夕阳路去。

来开门的是一位男仆。

求真不待他开口便道："卜求真找列嘉辉。"

男仆入内通报。

不消一刻，列嘉辉迎出来见客。

在家，他穿着便服与一双球鞋，头发刚洗过，有点蓬松，神情略为憔悴，但他仍是一个美男子，无论做什么打扮，看上去依然赏心悦目。

这样好相貌的人绝对不多，最难得的是他毫无骄矜之态。

幸亏求真年纪已不小，定力十足，故可以实事求是。"列先生，许女士说，让你把卷一给我。"

"她关照过我。"列嘉辉有点为难。

求真说："我们见面次数虽然不多，可也算是老朋友了。实不相瞒，列先生，我第一次见你，你还是个幼儿。"

列嘉辉涨红了面孔。

他把求真带到书房，拉开一格抽屉，取出一张薄薄磁碟，说："这是卷一。"

求真接过。"九一一号电脑适用？"

列嘉辉颔首。

求真小心翼翼把磁碟放进手袋，她知道这只是副本，但是一样珍惜。

求真说："我看完立时归还。"

列嘉辉把她送到门口。

求真正向车子走去，可是忍不住回头对他说："其实你们的感情生活已经丰盛得叫人羡慕。"

列嘉辉一愣，随即说："卜小姐，你且看过卷一再说。看过它，你会明白。"

卜求真带着许红梅自传的卷一到了小郭处。

她神气活现地说："你看，会家一出手，保证有丰收。"

忽然听到琦琦的声音："求真，你风趣不减当年。"

她果然在。

求真十分欢喜。"来，大家齐来欣赏。"

小郭接过磁碟一看，说："这里没有九一一电脑。"

求真说："那么，请赏脸到舍下来。"

九一一电脑不算罕见，用来写作最好，它懂得依时间顺序前后整理事情发展经过，直至故事合乎逻辑为止，一些不大懂得控制时间空间的作者视九一一为神明。

卜求真写作技巧不差，却也备有一部。

当下接小郭与琦琦到她家中。

那真是一个家，应有尽有，十分舒适，一狗一猫见到主人迎出来，书架子上堆着杂志报纸以及求真儿时的积木玩具。

琦琦不由得评曰："那么多身外物，真是红尘中人。"

求真笑道："是，我十分眷恋红尘。"

她做了香浓咖啡招呼客人。

小郭摇摇手，医生早已嘱他改喝矿泉水。

求真把磁碟送入电脑口。

荧幕上出现"卷一"字样。

许红梅女士出现了。

琦琦一看，便说："嗯，那时她比较年轻。"

风韵犹存便是用来形容这样的女性。

她的长发往后拢，穿一件素色上衣，颈上戴一串珍珠，化妆淡雅，姿容十分高贵。

"原医生，我叫许红梅，请听我的故事，你或许愿意见我。"

小郭欠一欠身，说："原来故事是讲给老原听的。"

求真也"呵"一声，说："她一直没放弃找原医生。"

小郭又露出尴尬的样子来。"这老原——不过不怕，这次我一定可以揪他出来。"

许红梅声音十分温婉，求真记得这个声音，二十多岁时听后印象深刻，一直盼望自己也有那样的声音，特别是在异性控诉她不够温柔的时候。

只听得许红梅讲下去："这是我与列正的故事，"她停一停，"列正，字嘉辉，本来是家父最好的朋友。"

小郭霍一下站起来，按停了荧幕上的影像，转过头去看他两个同伴，只见琦琦与求真二人比他还要震惊，张大了嘴，完全失去仪态，下巴似要随时掉下来。

二

理想生活永远难以达到，
无论当事人如何努力追求，
人生不如意事一直超过八九。

列正即是列嘉辉!

不可思议,以至小郭说:"许红梅糊涂了。"

对不能理解的事,立刻否决,是人类通病,聪明如小郭,都不能避免。

琦琦咳嗽一声,说:"小郭,让我们把卷一看完,才举行小组会议。"

"好。"

许红梅又出现在荧幕上。

她的语气忧郁。"第一次见列嘉辉,我才八岁,他与家父,是事业上的伙伴,我叫他列叔,他比较早婚,两个儿子都比我大,列太太一直希望有个女儿,十分喜欢我,时时同家父说:'许仲开,一般人觉得你的创业才华最值得羡慕,可是我认为这个可爱小女儿才是你毕生的荣光。'"

许红梅皱皱眉头，沉湎到往事里去。

这时，荧幕上出现一个小女孩，长发披肩，穿着极考究的淡红色小纱裙子，容貌秀丽无比，宛如小天仙。

这是记忆录像。

以列嘉辉那样的身家，置一台记忆录像机，易如反掌。

记忆通过仪器变为实像，小郭、琦琦与求真三个观众回到上一个世纪去。

只见那小女孩走过布置豪华的客厅，朝一个相貌堂堂的中年人走去，把脸依偎在他的大手上。"爸爸。"她轻轻呼唤。

那中年人便是许仲开了。

"红梅今天十岁生日，长大了。"

说话的是许夫人，笑容可掬，伸手招女儿过去。

仆人取出一个小小的生日蛋糕。

"看谁来了。"

小女孩转过头去，大眼睛闪出亮光。

三个观众只见列嘉辉风度翩翩地走进来，噫！二十世纪的他同这个世纪的他一模一样，外形好比玉树临风。

小郭又站起来，说道："怎么可能！小女孩已变白发婆婆，他怎么可能一成不变。"

求真按住小郭。"他怎么没有变，别忘记列嘉辉享寿八十余岁。"

小郭揉揉眼，颓然跌坐，时间与空间把他弄糊涂了。

求真忍不住赞道："你看从前的人多懂得生活，那衣饰、那家具、那种悠闲，一失去就永远失去。"

只有琦琦默不作声，留意荧幕上发展。

那小女孩一见列嘉辉便噔噔噔跑过去。"列叔！"她大声叫。

列嘉辉把她抱起来轻轻拥在怀中，任何人都可以看到他神情陶醉。

这一幕慢慢淡出。

许红梅轻轻说："我想，我们一直是相爱的，年龄的差距，使我们难以表达心意。"

许红梅再次出现的时候，已是一名少女。

脸容仍似安琪儿，但眉宇间添了一股倔强之意。

乌亮的长发梳一条马尾辫，白衬衫领子翻起，配大圆裙。

许夫人坐在床沿上，神情紧张地说："红梅，老老实实告诉我，你早出晚归，又时时旷课，到底有何旁骛？"

呵，成为问题少女了。

求真莞尔，她想到她自己年轻不羁的岁月，什么芝麻绿豆事都要反叛一番。

许红梅冷冷地回答母亲："功课闷得紧。"

"你在偷偷见一个人是不是？"

"我不是贼，我做任何事都光明正大。"

"你私会列嘉辉。"

"真不敢相信亲生父母会找私家侦探盯梢女儿。"

小郭"哎哟"一声。

他记得这件案子，当年由他师傅亲自办理，师傅接下生意后还感慨地说："什么世界，父母子女夫妻通通来求私家侦探。"

当下只听得许夫人恼怒地说："红梅，你已经不小，你看得到报纸，你父此刻正与列嘉辉打官司，你为何背叛父母，与列氏往来？"

"父是父，女是女。"

许夫人气得落下泪来，说："红梅，你一个人的任性，害得父母伤心，列家上下困惑无比，于心何忍！"

许红梅忽然握住母亲的手，说："妈妈，以后你会知道，我并非一时性起胡作妄为，我的确爱他。"

　　许夫人甩开女儿的手，说："我后悔生下你。"

　　母亲的痛哭声渐渐远去。

　　许红梅叙述声趋近："家父没赢得官司，忍气吞声，与列嘉辉庭外和解。一双好友，为着一个注册商标，反目成仇。在以后的岁月中，嘉辉一而再，再而三表示后悔。但许多憾事恨事，一旦铸成，永不回头，无数辗转反侧的晚上，我都听到母亲的哭泣声，她是那么钟爱我，而我，我是那么令她失望。"

　　求真听到此处，忽然怔怔落下泪来。

　　她低下头，悄悄抹掉眼泪。

　　磁碟正面至此播映完毕。

　　小郭抬起头问："一共有几卷？"

　　求真说："我不知道。"

　　琦琦答："看情形，约有五卷。"

　　"你怎么知道？"

　　"你没留意吗，卷一已叙述了近十年间发生的事。"

　　求真一向佩服琦琦的细心。

　　小郭吩咐："求真，把卷一录一个副本，归还，再去借卷二。"

求真嗫嗫地说："没征求过人家同意，不大好吧。"

"咄，你不说，我不说，谁知道，副本我要传真到老原的电脑里去，正经用途，你少说废话。"

"是是是。"

"我们现在看磁碟反面。"

琦琦用手撑着头，说："我想休息一下，我累了。"

小郭说："我却心急得不得了，我们投票。"

求真连忙举手："我赞成看下去。"

少数服从多数。

呵，一开始便是一个婚礼。

二十岁左右的新娘是许红梅，象牙色缎子礼服，头发束起，珍珠首饰，她的伴侣是鬓角已白的列嘉辉，骤眼看，以为是父亲送女儿出嫁，但不，他是新郎。

一个观礼的亲友也没有。

愿意出席的他们没有邀请，欢迎前来的偏偏不肯出席。

少女新娘大眼睛中有难以掩饰的寂寞。

啊，与众不同是要付出代价的。

琦琦轻轻说："这件事里，最伟大的是谁？"

求真笑道："年轻人当然推举许红梅，那样浪漫，何等勇气，去追求真爱。"

琦琦也笑着说："列嘉辉也配得起她呀，惊世骇俗，抛弃现有的幸福家庭，与许红梅结合。"

求真说："可是此刻我的看法大有出入，我认为最漂亮难得的是默默退出的列夫人。"

"君子成人之美。"

"很多人明白这个道理，很少人做得到。"

"可是，套句陈腔滥调，既然已经留不住他的心，还要他的人来干什么？"

求真答："好叫第三者只得到一颗没有躯壳的心。"

小郭说："列夫人的确难能可贵。"

"列嘉辉好不幸运。"

"可是，他并不那么想呢。"

求真站起来关掉电脑，说："借卷二的责任，就落在我的身上了。"

看完磁碟，求真即行休息。

她第一觉睡得很甜很舒服，半夜二时醒来之后，却再也未能成寐。

脑海里反反复复只得许红梅一句话：我却令母亲那么

伤心……

求真的母亲早已去世，那时她还年幼，还不懂得叫母亲伤心。

那一夜过得十分长，求真翻箱倒柜，想起许多陈年往事。

她捧着咖啡杯在厨房中看着天色蒙蒙亮起来。

一到九点钟，求真便致电列府。

列嘉辉这样说："卜小姐，你心中有许多疑点吧？"

求真承认："我们能见个面吗？"

"抱歉我不能与你作竟日谈。"

"三十分钟足够。"

"我在舍下恭候。"

人家说恭候，是真有诚意。列嘉辉站在门口迎接卜求真。

极普通的衣着，对他来说，已是最佳装饰。

求真且不提她自己的要求，只问："许女士何时出院？"

"下午就接她回家，她对医院实在生厌。"

求真轻轻坐下来。"只得二十分钟访问时间。"

"名记者在半小时中已可发掘到无数资料。"

求真谦曰："谁不希望有那样的功力。"

列嘉辉温和地看着她。

求真语气中的困惑是真实的。"列先生，你到底贵庚？"

列嘉辉竟要想一想才能回答："我今年三十八岁。"

求真咳嗽一声，说："如果你只有三十八岁，五十年前，你怎么能与许红梅结婚？"

"呵，我与红梅结婚那年，已经六十岁了。"

求真站起来。"请解释，列先生。"

列嘉辉语气平和，淡淡答："卜小姐，我一生，共活了两次。"

求真吞下一口涎沫。

即使是二十一世纪了，这样的事，也难以接受。

求真的思想领域十分开放，也富有想象力，她摆一摆手，好奇地猜测："你在八十岁那年逝世，你的灵魂转世，重新再活了一次。"

列嘉辉欠欠身，说："不对。"

"你的躯壳被另一个年轻的精魂占据。"

"也不对。"

求真凝视他，说："我明白了，你在八十岁那年返老还童。"

列嘉辉苦笑道："卜小姐是聪明人。"

"返老还童，恢复青春！"求真兴奋地说，"这是全人类的梦想，只有你能够彻底地达成愿望。"

她说罢，忽而发觉列嘉辉脸上一点欢容都没有，蓦然想起，他那返老还童做得太彻底了，他竟实实在在，变回一个幼儿，在许红梅的怀抱中长大。

列嘉辉抬起头。"卜小姐，你明白了？"

求真跌坐在椅子上。

列嘉辉看看腕表，这次访问时间，恐怕不止三十分钟。

求真笑嘻嘻地说："不要紧，你慢慢讲。"

他开始叙述："我与红梅结婚那一年，已经六十岁了。"

求真打断他的话柄："正当盛年。"

"那真是好听的说法。"列嘉辉苦笑。

"列先生，我真心认为这是人类的流金岁月，责任已尽，辛劳日子已在背后，又赚得若干智慧，自由自在，不知多开心。"

"卜小姐，那是因为你没有一个二十一岁的伴侣。"

呀，世事古难全。

求真莞尔。

"达成与红梅共同生活的愿望后，才发觉困难刚刚开始。"

所以不刻意追求什么也许是大智慧做法。

"互相刻意迁就了多年，苦乐各半，真难为了红梅，也只有她才做得到，我渐渐衰老。"

求真自然知道衰老是怎么一回事。

她长叹一声。

头发渐渐稀薄，皮肤慢慢松弛，许多事，力不从心，视觉听觉，都大大退步……但是心灵却不愿意，在躯体内挣扎图强，徒劳无功。

求真脸色苍白起来，有点气馁。

于是，人类妄想长生不老。

列嘉辉说："我愚昧地到处寻访医生，使我恢复青春。"

求真"唉"一声。

"我找到名医，达成愿望，可是，他的手术犯了一点点错误。"

列嘉辉站起来，斟出一杯酒，喝一大口。

"我要求他使我回到壮年，他的手术却未到那么精密的地步，内分泌不受控制，我变成了一个幼儿。"

求真还是"呀"一声叫了出来。

列嘉辉说："卜小姐，我愿意借卷二给你看，你当可知道详情。"

求真恻然之情毕露。

"我此刻要到医院去接红梅了。"

求真看看时间，恰恰三十分钟。

一个把时间看得那么重的人，时间却偏偏同他开玩笑，真是悲剧。

求真把卷一归还。

列嘉辉忽然笑道："卜小姐，我佩服你的勇气，严格地说，我已是个一百二十多岁的老人了，你竟与我谈笑自如。"

求真不语。

任记者多年，她见多识广，深知不知多少人爱在年龄上做文章，名同利，夸大十倍来讲，寿命，则越活越缩越好。

"你不觉可怕？"列嘉辉轻轻问。

求真若无其事地说："人生各有奇逢。"

这种回答，已臻外交水准。

可是列嘉辉听了，却如遇知己一般颔首。

"卜小姐，我送你出门。"

求真把卷二磁碟小心翼翼收进手袋中。

真相渐渐披露，真正奇突。

求真回到家中，立刻把卷二放进电脑中。

她的心情好比初中生看一部引人入胜的长篇小说，不管三七二十一，挑灯夜战，荒废功课也要把它读完，又好比少女谈恋爱，不能离对方半步，至好形影不离，直至地老天荒。

她情绪亢奋，脸颊发烫，紧张莫名，也不去通知小郭与琦琦，就按下按钮把许红梅的记忆片段播放出来。

求真喝一口冰水。

许红梅在荧幕上出现了。

她已做少妇打扮。

背景是布置别致的起居间，她握着列嘉辉的手，而他已经垂垂老矣。

列氏坐在轮椅上，双足用一方呢毡遮住，他精神甚差，双手不住有节奏地抖动。

求真轻轻道："柏坚逊症[1]！"

只听得他说："红梅……"声音模糊。

求真没听清楚，重播一次。

原来他说的是："红梅，我原以为我们会快乐。"

许红梅双目濡湿。"嘉辉，我的确快乐。"

"啊，"老人慨叹，"你瞒谁呢，我最好的日子，在认识

———————————

[1] 即帕金森病。——编者注（本书脚注均为编者注。）

你之前已经过去，近十年来，你陪伴着一个残废老者，照顾他的起居饮食，寸步不离，好比笼中之鸟，红梅，我想还你自由。"

"我不要那样的自由。"

场面应该是动人的，但求真只觉唏嘘。

"嘉辉，我去见过容医生。"

列嘉辉摆摆手，不表示兴趣。

"嘉辉，去见一见他。"

"凡事不可强求。"

"其他的事都可以随他去，可是容医生说他有把握使你恢复青春。"

"你真相信有这样的事？"

列嘉辉好似笑了，在一张密布皱纹、受疾病折磨的脸上，哭与笑，是很难分得清楚的。

"嘉辉，有什么损失呢？"

"有，我想保留一些尊严。"

求真在这个当儿鼓起掌来。

可是许红梅伏在他膝上恳求："为着我，嘉辉，为着我。"

列嘉辉笑："我已经过了青春期了。"

"再来一次。"

"红梅，我能够做到的，莫不应允，可是我已疲倦，我不想从头再来。"

许红梅哭了。

"你让我安息吧。"

"不！"

"红梅，我同你，缘分已尽，请顺其自然。"

许红梅倔强地抬起头来。"不，人力胜天。"

"红梅，别使我累。"

他闭上双目。

求真吓一跳，列嘉辉的脸容枯槁，皮肤下似已没有脂肪肌肉骨骼，整张脸塌了下去。

许红梅抬起头来，少女时代那股倔强之意又爬上眉梢眼角。

这一幕结束了。

求真喘一口气，伸手摸摸自己面孔，老？还未算老，她忽然打算振作起来，写他几本长篇。好不好是另外一件事，喜欢做，做得到，已是妙事。

肚子咕噜咕噜响，求真做了一个三明治，匆匆咬一口，又回到荧光屏面前。

电话铃响了。

求真真不愿意去接听。

可是铃声一直坚持。

求真已知是谁，不得不按钮。

只听得一声冷笑："你胆敢独吞资料？"

"我只不过想先睹为快。"

琦琦责怪她："求真，这次我不能帮你。"

求真心虚地说："我来接你们。"

"没有用，已经生气了。"

"小郭先生，你弄到机器没有？我把线搭过来，大家一起看。"

"卜求真，你根本不求真。"

"我以为两位还没起床。"

"废话，快把线路接到九七三五四一。"

"遵命。"

做过一番手脚，求真已可与小郭异地同时看一个节目。

呵，列嘉辉已经躺在医院里了。

他似在沉睡，更像昏迷。

病榻旁的是许红梅与一位医生。

只听得许红梅说："容医生，我已签名，请即进行手术。"

"病人没有异议吧？"

"谁不想恢复青春。"

"那么，自这一刻起，我宣布列正死亡，同时也宣布列嘉辉再生。"

护理人员在这个时候进来把列嘉辉推出去做手术。

许红梅静静坐在病房中。

隔许久许久，她才说："嘉辉，我违反了你的意愿。"

她长叹一声："原来，我爱自己，远胜过爱你。我不甘心放你走，经过那么千辛万苦才能结合，我一定要争取时间，你自手术间出来，便会明白我的苦心。"

她把秀丽的面孔深深埋在掌心。

时间慢慢过去，手术进行了颇长一段时间。

终于，那位容医生出现了。

他简单地说："手术成功了。"

许红梅欣喜。

容医生自负地说："身为曼勒研究所门生，如此成绩，雕虫小技耳。"

求真"啊"一声!

曼勒研究所的人!

怪不得有此手段,只是,曼勒研究所的门徒怎么会流落在外?

只听得那深目鹰鼻的容医生道:"病人留院观察,你请回去休息。"

"我能看一看他吗?"

"他此刻的表面情况同手术前无异。"

看护把病人轻轻推进来。

病人已经苏醒,轻轻呻吟:"冷,痛,怎么一回事,红梅,红梅在哪里?"

他仍然是一个老人,前脑部位明显经过切开缝合手术。

容医生对许红梅说:"我们已将脑下垂腺做出调校,自这一刻起,有关内分泌将大量产生青春激素,三十六小时之内,自动停止,恢复正常。恭喜你,列夫人,你的愿望已经达到了。"

许红梅喜极而泣。

求真冷眼旁观,十分感慨。

自古哪有天从人愿的事,通通都是人类一厢情愿,一天到晚，只盼花好月圆。

"我愿意看守在旁。"

"他还要接受一连串注射，你还是回去的好。"

"是。"许红梅转身走。

"列夫人。"

"啊，是！"许红梅想起来，打开手袋，取出一张银行本票递上去。

容医生满意地将本票放进口袋。

求真忽然在旁主观且偏见地斥责道："败类。"

一讲出口，求真自己却诧异了，医生也是人，收取费用治疗病人，有何不可，为何思想迁腐到以为他们应当免费救治世人？

况且，对列氏一家来说，九位数字，十位数字，根本等闲。

是因为他来自曼勒研究所？

呵，是因为原医生从来不收取费用。

许红梅回到寓所去。

只见她自衣橱中取出最华丽的纱衣，配上闪烁的宝石首饰。

"啊,"她说,"嘉辉,你将永远摆脱轮椅,我们可以去跳舞了。"

她喜悦的神情,像一个少女,在卧室中旋转。

终于,她累了,拥着舞衣,倒在床上,甜睡着。

求真板着面孔看下去。

她自己本身也经过若干悲欢离合,生活经验告诉她,理想生活永远难以达到,无论当事人如何努力追求,人生不如意事一直超过八九。

许红梅这一觉睡醒之后,应当明白。

求真以为电话铃会响,小郭先生的意见随时会到,但是这次他难得地缄默。

求真把卷二反转来,继续看另外一面。

许红梅脸色苍白地在医务所中与容医生做交涉。

"我不明白你的手术错在什么地方?"

容医生面色更差,神情沮丧,如斗败的公鸡,同前一幕趾高气扬、意气风发的姿势,相差何止十万八千里,他低着头,握着拳头。"列夫人,我承认错误。"这句话说出来,对他来讲,比死还痛苦,但是对许红梅来说,完全不足以交代。

"错在哪里?"

容医生喃喃道："我以为我控制了内分泌。"

许红梅的声音尖起来："你把他怎么了，他在什么地方，让我见他！"

"他很好，身体健康，发育正常。"

许红梅仍不放心。"我必须立即见他。"

"我愿意退还诊金。"

许红梅一掌推开容医生。"我不知你在说些什么，带我去见嘉辉，快！"

"列夫人，你要有心理准备。"

"发生了什么事，他不对了是不是？你拿他来做实验白老鼠，你这个庸医，你胆敢夸下海口，骗取我的信任。"

"列夫人，世上没有百分之百安全的手术，他仍然生还！"

"他已变成植物人？"许红梅面色灰白。

"不！他心身完全健全。"

这时，他们身后布幕"唰"一声拉开，一个戴着口罩的护理人员站在玻璃后一间隔离病房里抱着名幼儿。

幼儿见到人，手舞足蹈，非常活泼开心。

许红梅如逢雷击，霍地转过头去，看着容医生。

容医生沮丧到极点。"他的生长激素一直迅速往后退，我无法使之停止，原以为他的生命会还原，退回一组细胞去，可是三十六小时之后，它却自动停住。列夫人，这是列嘉辉，他今年两岁，智力正常，身体健康，活泼可爱。"

许红梅退后两步。

求真以为她会掩着脸尖叫起来，直至崩溃。

啊，可怕的错误。

时间太会同他俩开玩笑了。

不多不少，他们两人的年纪，仍然相差四十载。

在时间无边无涯的荒原里，四十年算得什么，亿万年说过去也已经过去，至少，现在她仍然看得见他，他也看得到她。

幼儿把胖胖双臂伸出来，似认得许红梅，似叫她抱。

许红梅凄凉地笑着说："这是上帝对我贪婪的惩罚。"

她的脸色转为祥和。

容医生意外了。

啊，她深爱他。

许红梅接着说："让我带他回家。"

"列夫人——"

许红梅摆摆手。"命该如此。"

"列夫人，请听我说，事情还有挽回余地。"

许红梅凝视容医生。

"在曼勒研究所中，有一个人可以达到你的愿望。"

"谁？"

"他姓原。"

"比你如何？"

容医生抬起头，想一想，叹口气："我之比他，好比萤火比月亮。"

求真听到这里，"嗯"了一声。

能够说出这样的话来，这个庸医，也自有其可取之处。

这世上有许许多多的萤火，一上来，就先派别人为萤火。

"啊！"

"你可去求他。"

"我如何接触他？"

"我离开曼勒已有一段日子，曼勒研究所可能根本不承认我这个人存在，列夫人，恐怕你要自己下功夫。"

"我明白，"许红梅居然微笑，"岁月悠悠，我也无事可做，宁可花十年八年来寻访这位原医生。"

"列夫人——"

"你放心，我不会追究错误。"

容医生却不能释然，额角仍然冒出亮晶晶冷汗来。"我将从此退出江湖。"

许红梅不置可否，那诚是庸医自己的事了。

她套上白袍口罩，走进隔离病房，轻轻自看护手上接过小小列嘉辉，拥在怀中，如获至宝。

"嘉辉嘉辉，我愿意一生服侍你。"

两岁的列嘉辉依偎在许红梅怀中，十分亲热。

求真记得这一幕，她与那孩子形影不离，她曾经抱着他到小郭侦探社。

卷二到此结束。

求真自沙发起来，走到露台，吹一吹清凉海风。

许红梅并无食言，她亲手带大了列嘉辉。

求真问自己，你做得到吗？

她结过两次婚，到后期，连看到对方都觉得烦腻，故速速分手，倘若对方变回幼儿，她会尖叫一声，把对方交给育婴院。

门铃响。

上门来的是琦琦。

"真相大白了。"她一进门便这样说。

"真相不难明白，许红梅对列嘉辉的爱意真正令人钦佩。"

琦琦笑着说："这是注定的，前半生，他看她长大，后半生，她看他长大。"

"可是，他俩始终没有一起成长。"

"很奇怪，是不是？"

"小郭怎么说？"

琦琦答："他正与原医生接头。"

"原医生这些年到底在什么地方？"

"他大抵在一个不受时间控制的空间。"

两个女子坐在一起，不约而同，齐齐叹口气。

琦琦问："你在想什么？"

"琦琦，两人能够如此深爱，不枉此生。"

琦琦也点头。

"假使小老郭先生回到孩提时期去，你会照顾他吗？"

琦琦掩着嘴笑着说："噫，那家伙幼时一定顽劣。"

"而且自三岁起便有强烈好奇心。"

"嘿，他家长可想而知吃尽苦头。"

求真哈哈笑起来。"我不介意与童年小郭见面。"

琦琦一直笑。

"可以拧他脸颊，可以教他打筋斗，可以带他去吃冰激凌，"求真说，"为好朋友做点事是很应该的嘛。"

琦琦亦觉有趣。

求真忽然收敛笑容。"当然，那是因为小郭先生可爱，所以我们不介意爱他，爱得超越时空，一并爱上他的童年。"她停一停，"可惜世上可憎的人多，很多时候，我甚至不愿同他们共处一室。"

琦琦知道求真两次婚姻都不愉快。

求真告诉琦琦："开头，我还天真好欺侮，不住检讨自己，认为自己也必定有错，到后来，人渐渐聪明，咄！假如我错在没有多忍耐三十年，我承认错误。"

"算了，过去就算了。"

求真自嘲："可是我一辈子没享受过男欢女爱。"

琦琦微笑着说："叹人间美中不足今方信。"

"你懂得什么，小郭先生有才有情。"

"那不容置疑，可是我同他只是朋友。"

"那是最含蓄最曼妙的一种关系，羡杀旁人。"

琦琦凝神道："幼年的列嘉辉一定给许红梅带来无限欢欣。"

电话来了。

求真接听，随即高兴地说："说到曹操，曹操即到，许女士已经出院，要见我们呢。"

"还等什么？"

许红梅很明显梳洗打扮过，坐在一张沙发上，头轻轻往后仰，靠着椅背，精神尚佳。

求真从没见过那么清秀的老太太。

她向客人微笑。"劳驾二位。"

求真问："列先生呢？"

"我叫他出去走走，别妨碍女孩子们聊天。"

"您无须休息？"

"我都快永远安息，趁还能见朋友，要把握机会。"

求真按住许女士的手。

"你们看过卷二了？"

求真颔首。

许红梅回忆："把嘉辉带回了家，我俩便过着相依为命的生活。保姆、车夫，以至邻居，全以为他是我的孩子，事实上嘉辉也一直叫我妈妈，妈妈。"

琦琦说："我记得他是一个特别的孩子。"

"嗯，非常合作，存心来做人，晚间从不扰人清梦，爱吃、爱睡、爱玩，待上了学，举一反三，思维敏捷，活泼可爱，又懂得尊重师长，我总算见识过了，自小到大，列嘉辉都是个十全十美的人。"

求真心念一动。

她爱他，才那么说。

她父亲许仲开就肯定不会认为列嘉辉是个无懈可击的人。

不过求真口中附和："是，那样的人，万中无一。"

琦琦也说："你十分幸运。"

"但是我一直寻访原医生，三十多年以来，他音信全无。"

"他是一名游侠，可能浪迹到仙境去了。"

"是，山中方三日，世上已千年。"许红梅微笑。

看样子她也已臻化境，无所牵挂。

"我八岁的时候，初见列嘉辉，他差不多就是现在这样子。"她长长叹息一声。

一看就知道是累了。

求真站起来告辞。

"告诉郭先生，把案子结束吧，许红梅的故事到此为止了。"

琦琦轻轻点头。

求真却说："可是，那位原医生已经出关。"

许红梅失笑，扬扬手。"与他有缘的人，自可见到他，至于我，我已无所求。"

琦琦拉拉求真衣角，暗示她离去。

求真握一握许女士的手，与琦琦退出。

还没上车，就被人叫住。

"两位请留步。"

求真听出是列嘉辉的声音。

列嘉辉开门见山地说："我已委托郭先生代我继续寻访原医生。"

求真讶异："可是许女士说她已没有要求。"

列嘉辉笑了，说："我有。"

琦琦忍不住问："你知道你在做什么吗？"

列嘉辉转过头来，看住琦琦，说："我当然知道，琦琦小姐，你更应明白我为何想见原医生。"

琦琦想到她自己那与年岁不甚相配的躯壳，不禁汗颜，窘得噤声。

求真问："你可有征得许女士同意？"

"当年，她把我交给容医生，我亦蒙在鼓中。"

求真张大了嘴。

自另外一个角度看这不也就是冤冤相报。

她不由得脱口而出："这场纠缠，历时会不会太长了一点？"

列嘉辉却答："我们相爱，我们一定会达到愿望。"

"但是许女士此刻的意愿是好好休息。"

"她年纪大了，她不知道自己应该争取什么，我有责任帮她做出抉择。"

求真忽然之间不客气了。"你若真爱一个人，应当尊重她的选择。"

列嘉辉迅速回敬："卜小姐，我猜你对感情的了解没有我深，假使你有子女，你便会知道，孩子们根本不愿上学，督导他们入学受教育，是否不爱他们？"

求真看着列嘉辉，唇枪舌剑："许红梅不是小孩子。"

"我却做过她的孩子。"

求真希望她听错了，这语气里是否有点报复意味，当然不，一定是她耳朵出了毛病。

琦琦把求真的衣袖几乎扯了下来，求真才肯说："再见，列先生。"

她开车离去。

途中求真说："我希望小郭先生不要接受这件案子。"

"据我猜想，即使列嘉辉不去委托他，他也忍不住要把老原找到为止。"

"那么，我希望原医生拒见列嘉辉。"

"为什么？"

"琦琦，你不觉得强迫一个人一直活下去是件非常累的事？"

琦琦微笑。

求真又说："他俩肯定相爱，却不懂互相尊重。"

"也许，他们是周瑜黄盖，天生一对呢？"

求真发呆。"开头我以为他们是神仙眷属，此刻我的想法有点改变。"

"明明是凡人，如何变神仙？那不过是夸张的形容词罢了。"

"找到原医生，他们打算怎么样。"

琦琦说："我猜想列嘉辉会提出要求，请原医生把许红梅变得与他年龄相若，那样，他们才可以真正双栖双宿，过正常生活。"

"原医生会应允那样荒谬的要求吗？"

"我们很快便会知道。"

小郭在书房等她们。

求真一进书房，一骨碌滚到那张旧沙发上。

小郭瞪她一眼，说："以熟卖熟，没相貌。"

"唉，能躺的时候，千万别坐，能坐的时候，千万别站。"

琦琦说："我自四十岁那年，就明白此项道理。"

"四十岁？真年轻。"求真唉声叹气。

"同老原联络上没有？"琦琦问。

小郭得意扬扬，一雪前耻。"找到了。"

"肯见我们吗？"

"约会已经订好。"

琦琦看求真一眼。

"我已把卷一卷二给他看过，他很有兴趣。"

"过去三十多年，他去了何处？"

"去了一个无线电波够不到之处。"

求真"哧"一声笑，说："航行者早可以把信息自冥王星传返地球，莫非他去了冥外行星？"

"或许更远。"

"去了那么久，不闷？"

琦琦忽然说："或者人家有爱人相伴。"

求真艳羡道："真有福气。"

"我们在何处见面？"

"本市。"

琦琦放下心来，说："我始终最怕长途跋涉。"

"是。"岁月不饶人，小郭有同感，"下了飞机还要过五关斩六将，累坏人。老原神通广大，弄到全球通行证件，一亮相，直行直过，不用排队轮候，方便过你我。"

"约在几时？"

"明日黄昏一定出现。"

"我们静等他就行了。"

求真问："原医生什么年纪？"

小郭答："应同我差不多。"想一想，又补几句，"我长得老气，才貌均不出众，原氏英俊爽朗，风流倜傥，看上去当比我年轻。"

琦琦笑道："上帝有时真偏爱某几个人。"

"原医生之比列嘉辉如何？"

琦琦说："我没见过原氏。"

小郭却说："原医生才华盖世，外形出众，又极有正义感，犹如一只点亮了的玉瓶，光芒晶莹，非凡人能比。"

求真肃然起敬。"啊！"

"列嘉辉与许红梅二人，终其一生营营役役，不外是为着儿女私情恋恋红尘，卿卿我我，那种气质，与干大事的人不能比。"

求真又"呵"了一声。

小郭说："原某生活在另一个层次中。而且，一直以来，他是个有情人，慷慨热诚，不可多得。"

求真心向往之。

小郭说："一个人若单爱自己，境界始终不高。"

琦琦笑道："总比不自爱者高出若干吧！"

小郭又说："若连自爱的能力都没有，那么，也不用继续生活下去了。"

求真忽然不再同小郭抬杠，她由衷地说："听君一席话，胜读十年书。"

小郭说："原君是我偶像。"

求真问："他，没有家室吧？"

"一直独身，这是我与我偶像唯一相似之处。"

第二天的黄昏，来得不早不迟。

求真发觉，一过了中年，有个好处，就是时间过得比较快，对一切盼望，自然不那么迫切。

　　她还是抬头看了好几次钟。黄昏，大约是指下午四时至六时这段时间。

　　太阳一下山，黄昏也就结束。

　　这正是初夏，太阳下山的时候比较晚一点，他们三人也就等得比较久一点。

　　当一部机器脚踏车的声音自远趋近之际，求真还不知道那会是原医生。

　　机器脚踏车在他们家门口停住，有人急促按铃，求真走到窗前去张望，只听到来人大声嚷："小郭，你还不倒履相迎？"

　　求真目瞪口呆，这人看样子不超过三十五岁，难道他便是原医生？

　　小郭说："快开门，他来了。"

　　老人家的管家也老，求真只得自己来，把大门打开。

　　只见门外站着个高大的年轻人，留胡髭，衣衫褴褛，一阵汗臊气，皮肤晒得赤棕，只有一双眼睛炯炯有神，他啊哈啊哈笑两声，问："小郭呢？"

　　小郭走过来。"老原，我在这里。"

　　他与小郭打个照脸，呆住，与小郭拥抱，忽然泪盈于睫，说："小郭，你怎么老了？"

小郭啼笑皆非。"废话，人自然越来越老，谁似你，年纪活在狗身上。"

原医生镇定下来，看到琦琦，向她点点头，说："你好。"

求真笑道："琦琦，小郭先生骂你呢。"

琦琦无奈地说："他是个人来疯。"

"请坐请坐，"原氏扬着手，"小郭，拿酒来，我们好好叙旧。"

"等了你几十年。"小郭咕哝。

原氏有点歉意。"我听电脑说，过了地球时间三年之后，只有你一个人还在找我。"

小郭摊摊手。"本来同你是陌生朋友，找了多年，变成老相识。"

"真的，所以一叫我，立刻来府上报到，将功赎罪。"

"你要不要先淋个浴？"

"小郭，你年纪大了也婆妈起来，有没有肉？好送酒。"

琦琦站起来说："我去切白牛肉。"

"加点麻辣酱。"

"是。"

原医生竖起大拇指，说："好伴侣。"

求真在一旁观察，但觉原氏豪迈诙谐，不拘细节，爽直可爱，完全是另外一种人。

她觉得小郭对他并没有过誉。

她问："原医生，你怎么会这样年轻？"

"这位是卜求真吧？"

"可不就是她。"

"小郭你朋友多且亲，真好福气。"

"说说你的长春不老术吧。"

原氏答："很简单，过去三十五年，我生活在另一个空间，在那里，度日如年，该处的一年，等于地球十年有多。"

"仙境！"

原氏摇头，说："仙境的居民，却不觉得快乐。"

"为什么？"

小郭插口："生活沉闷。"

原医生笑笑，说："是，他们不懂得自处。"

真的，享受生活无固定标准，你认为一掷千金才叫享受，他却觉得静静阅读方是真正乐趣，但一个人，假如不懂自得其乐，一定觉得生活苦闷。

这么些年来，求真都独居，亲友数目极少，她也时时觉得寂寞，可是她有许多爱好，尤其是写作，胡思乱想，情绪低落之际，她便坐下来，写一篇与自己生活无关的杂文，写毕之后，顿时神清气朗。

求真又喜寻幽探秘，当下她便追问："仙境的高级生物，外形如何？"

原医生挠挠头皮，温和地答："我答应过不讲出来。"

小郭马上说："我生平最怕保守秘密。"

琦琦拍手，说："真的，什么都是他自己说的，完了又怪人家出卖他。"

"惨是惨在谁也不想听他的秘密，牺牲宝贵时间、精神奉陪，到头来还成了小人。"

闲扯一顿，书归正传。

"原，你对许红梅的遭遇可有兴致？"

"小郭，你找我那么多年，就是为了她？"

"是。"

原医生说："真正相爱的两个人，不论阶级、身份、年龄、种族，她对细节太耿耿于怀。"

求真忍不住说："原医生，我们只是普通人。"

"刚相反，一般人要求才往往太多太高太过繁复。"

小郭有点急。"老原，听你的口气，仿佛不表兴趣？"

"他们已经共处超过半个世纪，形影不离，夫复何求，君不见牛郎织女，一年才能在七夕见一次。"

"是是。"求真附和，"但丁也只见过比亚翠斯[1]一次。"

"喂，老原，这表示什么？"

原医生吁出一口气，说："小郭，这表示你接案子之时，太过感情用事。"

琦琦与求真笑起来。

小郭怪叫道："你拒绝我。"

"我拒绝的是许女士，与你无关。"

"不行，这件事我已经上了手。"

"小郭，你应是个艺术家。"

小郭悻悻然道："你尽情讽刺好了。"

"许女士要求什么？"

求真说："他们要求同年同月生。"

原医生笑着说："真是好主意。"

---

[1] 即贝雅特丽齐,《神曲》中的重要人物之一，也是在但丁一生中具有重要意义的人。

"你做得到吗，原医生？"求真用到十分低级的激将法。

原氏笑了。

小郭追击："再说，你们曼勒研究所的人闯的祸，理应由你收拾残局。"

"嗯，好像是老容在外犯的错误，此人私自影印实验室一本笔记，学得些许皮毛，以为练成神功，便私自下山，只想扬名立万。"

求真问："他是你的徒子，抑或徒孙？"

"他是我师伯的徒儿。"

"呵，师弟，你师伯有无叫你清理门户？"

原医生看着求真笑着说："卜小姐爱看武侠小说。"

"对，我爱读好小说，形式不拘。"

"此时老容行事小心得多，由弟子出面，出售青春激素，已成为巨富，又是著名慈善家，成就比我强。"

"啊。"

世事往往如此。

原氏自嘲道："说不定几时师伯嫌我行事怪诞，叫他把我清理掉呢！"

琦琦吁出一口气，说："恢复青春，是人类亿万年来的意愿。"

原医生忽然笑道："人人都息劳归主，单剩我们活着，又有什么味道？"

琦琦抬起头，说："看着相爱的、熟悉的人一个个衰老去世，真是悲剧。"

小郭却不耐烦了。"喂，别开研讨会好不好？老原，你到底见不见客？"

"我若不准备见她，也不会在府上出现了。"

"咄！"小郭总算放下心来。

一旦完成任务，得偿所愿，他又觉得出奇地空虚，这是他侦探事业最后一件悬案，之后，他可以完全淡出退休。

求真明白他的心意："小郭先生，你大可以东山再起。"

小郭咕哝："这副老骨头——"

原医生给他接话："你要换一副？容易得很，到曼勒研究所来。"

琦琦忽然说："原医生，并非不敬，我老觉得你们那里比马戏班还热闹。"

原医生目光炯炯，问道："如何见得？"

"你替我做完手术，我出院的那个上午，有点空当，曾离开病房五分钟。"

"护理人员没同你说，不得擅自游荡吗？"

琦琦没有回答这个问题，她只是说："我打开了门，看见走廊对面，也是一道门，门里，当然是另一间病房。"

"你没有敲门吧。"求真太好奇了。

"没有，但是我听见对面门内，有猛兽咆吼嘶叫之声。"

连小郭都打个突，琦琦从未说起此事。

琦琦说下去。"我惊问：'谁？'对面病房里的住客听见了，忽作人声，沉声答曰：'我是斯芬克斯！'我连忙退入房内，紧紧关上门，浑身打哆嗦。"

求真看着原医生，问："狮身人面兽斯芬克斯？"

原医生给了一个绝妙的答案："我不知道，那不是我的病人。"

小郭说："琦琦，那是你的幻觉吧？"

"我不认为如此。"

"那么，"小郭说，"曼勒研究所的确精彩过马戏班。"

求真有点怕原医生反对。

但是她的担心是多余的，只听得原氏轻叹一声，说："会员所学，的确太杂了一点。"

小郭说："我去通知许女士前来会面。"

"约好时间，知会我。"

原医生站起来，把杯内之酒喝个涓滴不剩，打算离去。

"原医生，"求真喊出来，"陪我们多聊一会儿。"

小郭瞪求真一眼，说："他的职业不是说书。"

求真问："原医生，你的事业可是探险，继续探险？"

小郭忽然拍着桌子大笑起来，说："不，他的任务是失恋，继续失恋！哈哈哈哈哈。"

原医生真好涵养，只是无奈地摇摇头，无言离去。

他一出门，琦琦便发话："小郭，你这个人好无聊，怎么可以这样揶揄他？"

"我说的都是事实。"

"但那是他的伤心事。"

"我同他，已熟不拘礼。"

"我最恨就是这一点，最亲密的人之间尚且是留些余地好，何况是朋友。"

小郭瞪着琦琦，说："所以我同你的距离深若峡谷。"

他们吵了几十年，有时还真不像打情骂俏。

求真连忙解围："我们赶快去约许红梅吧。"

琦琦却不悦地拂袖而去。

求真叹息："小郭先生，你迁就她嘛。"

"她处世有一套怪标准。"

求真说："我观察了那么些年，她那一套，也不会比你那套更怪。"

小郭不语。

"人生苦短，何必为小节争意气。"

"求真，你已学得大智慧。"

求真啼笑皆非。"小郭先生，你又来嘲笑我。"

小郭戴上帽子。"我已意兴阑珊，求真，你去办事吧，我且回家休息。"

"我送你。"

小郭不住摆手，说："免礼，你且去办事。"

求真赶到列府，管家见是熟客，自动迎她进内。

许红梅在后园，坐在轮椅上沉思，一名看护侍候在旁。

老人家头发干枯，风一吹来，萧萧白发飞舞，她一动都不动，仿佛盹着了。

求真轻轻走近。

许红梅这才抬起头来。

求真在她耳畔说："我们找到原医生了。"

"呵，替我问候他。"

"他打算同你见个面呢。"

许红梅笑笑，说："你看这茶花开得多好，可是它不及栀子，花若有色无香，还不算好花，可是世间几乎所有香花都只是白色，除却玫瑰，所以世人爱玫瑰，自有道理。"

求真唯唯诺诺。

过了一会儿，许红梅又说："年纪大了，十分懒动，穿衣妆扮，都费力气，精神不够，也是对客人不敬，请你对原医生说，恕我不出来了。"

求真说："他是医生，他会明白的。"

许红梅仰起头，看天空，又垂首，轻轻对求真说："昨夜我睡在床上，忽然想象肉身已经下葬，渐渐与大地融合，那种感觉，异常舒畅，原来，我并非那么畏惧死亡。"

她肯定无意与原医生见面。

求真把手放在她手上。

"小友，你明白吗？"

"我尊重你的意愿。"

"生活沉闷，不外是学业事业，恋爱结婚，过一次足够。"

求真颔首。

"替我问候原医生。"

求真只得告辞。

在门口，她遇见神情兴奋的列嘉辉。

求真忽然发觉小郭对他的评论真确到惊人地步，列嘉辉一生孵在个人小世界中，未曾踏出半步，你可以说他一辈子住温室中，欠缺生命感。

当下他对求真说："郭先生说，他已找到原医生。"

求真点头。

"我们随时可以与他见面。"他高兴到极点。

"我同许女士谈过——"

"不必理她。"

"不必理她。"求真愕然。

这一切难道不是为了她。

"她老了，已经糊涂，她不知道要的是什么，我是她唯一的亲人，我可以签字叫她做手术。"

求真反感至极。"你想摆布她。"

"这一切均为她好，你不会以为我想害她吧？"

求真嗅到鱼腥气，这里边有文章。

"卜小姐，我劝你不要干涉我们之间的事。"

求真看他一眼，一言不发，离去。

她思考了一个晚上，第二天，她同小郭说："你有无徒儿，门生，助手？"

"你找他们干什么？"

"我想彻查列嘉辉。"

"老原几时与他们见面？"

"且不忙这个。"

"求真，速叫老原见了他们，了结此案，大家可以心安理得退休。"

求真异常固执，问："没有熟人？"

小郭叹气。"我介绍侄孙给你。"

"呵，是小小郭，敢情好。"

"求真，不必节外生枝了。这一对情侣的遭遇十分妖异，别忘记列嘉辉是个一百二十岁的老人精，诡计多端，你可能不是他对手。"

"我不是要与他斗，请放心。"

"掀他隐私，便是他敌人。"

"我会小心。"

小郭又长叹一声。

小小郭上门来的时候，求真在沙发上盹着了。

门铃响到第三下，她才挣扎着睁开双眼。

她苦笑，从前，一听到风吹草动，立刻可以跳起来。

从前，从前还打老虎呢，最残忍便是说到从前。

拉开门，她吓一跳，门外站着的少年人，同小郭如一个模子印出来。

呵，岁月如流，他大哥的孙子都这么大了。

"卜太太，"他脱下帽子，"我叫郭晴。"

"请进来，"求真一边纠正他，"我是卜女士。"

小子大概以为女性到了那个年纪，太太小姐女士也无甚分别，故此没有道歉。

求真原谅他。"郭晴，你替我去查这个人的私生活。"她把列嘉辉的照片及地址给他。

"容易。"郭晴笑嘻嘻。

求真忽然问："郭大侦探是你什么人？"

"他是我祖父的弟弟。"

"你叫他什么？"

"叔公。"

"你叔公叫什么名字？"

年轻人刚欲张嘴，忽然醒悟，眼睛闪出慧黠神色来。"他没同你说？"

求真气结。

郭晴接着说："他也没跟我说。"

求真好计失败，一无所获，恼羞成怒，撵走他："去！去！限你二十四小时之内做报告出来。"

郭晴听见大门"砰"一声在他身后关上。

"唏，"他自言自语，"年纪那么大火气仍然不减，可想当年是如何火暴，难怪做老小姐。"

幸亏卜求真没听见。

她正在唏嘘：有儿大得快，一晃眼已是个少年人，没有子，有侄也一样，小郭找到继承人，不愁寂寞。

卜求真就没那么幸运了。

她闭目养神。

下午，列嘉辉找她："卜女士，你替我约了原医生没有？"

她很客气地说："我想你弄错了，列先生，我并非你的雇员，我不会提供服务。"

"你不是郭先生的伙计？"

"我只是郭先生的朋友。"

列嘉辉一愣，到底有他的风度，没有多话，只说："那我找郭先生交涉。"

"最好不过，再见。"

过一刻，小郭找求真。

"求真，列嘉辉催我，我已代他约了老原后日下午见面。"

求真不语。

"求真，我不过是扮演中间人角色。"

"许红梅并不愿意恢复青春。"

小郭老实说："我也不愿，从头再来，历劫红尘，苦不堪言。"

"你也这么想？我还以为做男人容易些。"

小郭奇道："我却一向认为女人好做。"

"让我这样说：要做得好，男女都不易。"

小郭笑了，说："届时，你要不要来？"

"我当然来。"

"求真，看样子你又找到特稿题材了。"

第二天傍晚，年轻的郭晴来向求真报到。

求真板起面孔，教训晚辈："你迟到了。"

讲好二十四小时，已差不多三十个钟头。

小郭晴笑笑，说："欲速则不达。"

这小子，一张嘴巴得他叔公真传。

"把报告呈上。"

"是，您让我调查的人，叫列嘉辉，今年三十八岁，在列氏进出口洋行挂名做董事，实则一星期也不上公司一次，他大概是个二世祖，不必做工，吃用不愁，羡杀旁人。"

听到这些，求真笑了，这语气是多么像年轻时代的郭大侦探。

"列某身家清白，无不良嗜好，是个正经人，生活正常，事母至孝——"

求真"哧"一声笑出来。

郭晴不知她为何发笑，怔了一怔，随即说下去："婚姻美满，列太太是个美女——"

求真呆住，再一次截停："你说什么？"

郭晴放下文件夹子，说："就是这么简单。"

"他已婚？"求真不置信。

郭晴答："他与妻子住在嘉辉台一号，据邻舍的女佣说，他们结婚已超过五年，感情融洽，但没有孩子，列太太姓余，叫余宝琪，是一位业余小提琴手。"

求真惊讶地张大了嘴，讲不出话来。

"你的的确确没有弄错？"

"这样简单的案子，敝侦探社一天做三单。"

求真的脸渐渐挂下来，心内充满悲哀。

"卜太太，你还要我查什么？"

求真连更正她不是卜太太的心情都没有。

"有无照片？"

"自然。"

放大彩色照片中那位年轻的列太太浓眉大眼，笑容可掬，非常富现代气息，五官秀丽，的确长得好，一看打扮，就知道是位艺术家，一身白衣，翡翠耳坠，她与列嘉辉正在说笑。

郭晴说下去："每日下午，他必定去见他母亲，直至黄昏才离去。"

求真喃喃道："真想不到。"

郭晴问："想不到什么？"

"想不到他会结婚。"

"卜太太，结婚是很正常的一件事。"

奇怪，这老太太同列嘉辉夫妇有什么瓜葛呢？年龄上全不对，不可能是情敌。

"原来不过是这么一回事。"

"怎么一回事？"小小郭莫名其妙。

"年轻人，你来告诉我，"求真感慨得说不出话来，"这世上到底有无至情至圣的人？"

小郭晴笑了，用拳头擦擦鼻子，不言语。

求真知道这一句可笑，深深叹息。

郭晴见她如此失望，忍不住劝解："卜太太，在现代社会中，做情圣不算一项成就，无人致力于那个了。"

"你说得对，小朋友，但是这个人，我满以为，唉，他应该，呵，算了，不说也罢。"

"卜太太——"

"这是我最后一次同你说，我不是卜太太，我是卜女士，你给我好好记住。"

郭晴打躬作揖地离去。

求真忍无可忍，亲自出马，到嘉辉台去求真。

她挑列嘉辉去探访"母亲"那一段时间。

一接近那幢小小洋房，求真便听到一阵悠扬乐声，呵，列太太正在练琴。

求真上前敲门。

琴声中断，那年轻女郎亲自来开门。

真人比照片还要好看。

"找哪一位？"

求真笑笑，说："是列太太吧，我是这幢房子从前的住客，最近自外国归来，特地来看看故居，邻居们说，现在你们住在这里。"

那位太太到底年轻，阅世不深，不防人，况且，见来人是上了年纪、衣着考究的女士，便客气地说："请进来喝杯茶，贵姓？"

"我姓余。"

"真巧，我也姓余。"

求真与她喝了一杯茶，享用了一份糕点，短短时间，她已知道余宝琪完全蒙在鼓里，绝对无知，她出身良好，教养极佳，深爱列嘉辉，但完全不了解他。

求真见目的已达，起身告辞。

余宝琪送她出来之际，犹自殷殷地说："我们把这面墙改过了，客厅宽敞些，嘉辉说我们不需要那么多房间。"

求真看着她。

"嘉辉长嘉辉短，列先生比你大很多吧？"

"才十岁罢了，"余宝琪甜甜地笑，"刚合适，你认为是不是？"

求真忍不住在心底冷笑一声，恐怕不止呢，恐怕要比你大一百岁呢！

她悄悄离去。

求真到另一个列宅去找另一位列太太。

许红梅的精神更差了，真似油尽灯枯，求真蹲到她面前，忽然怔怔地落泪。

许红梅拂一拂求真的头发，温言问："受了什么委屈？"

"不，不是为我自己。"

"那么，是代别人抱不平？"

求真不语。

"是谁？"许红梅轻轻问，忽然之间，她明白了，"是为我？"

求真仍然不语。

"啊，你都知道了，"许红梅感慨地说，"真的，什么都瞒不过你这样的聪明人。"

求真点点头，说："果然不出我所料，你也一早知道他的事。"

许红梅笑笑。

"所以你不愿与他一起去见原医生，你觉得已没有意思。"

许红梅轻轻说："变了的心，再年轻还是变了的心。"

讲得真透彻。

求真轻轻问："你是什么时候发现的？"

"啊，一早一早，在第三者还在音乐学院修读的时候，我并非一个不敏感的人。"

"他一直瞒着你？"

"不，他一直没同我说起。"

"他不知道你已洞悉一切？"

许红梅忽然反问："你猜呢？"

"我猜你们二人是明白人。"

许红梅笑了。

"这五年来，你没想过拆穿他？"

"不止五年了，算起来，他们自认识迄今，已有七八年光景。"她加一句，"我并不糊涂。"

求真语结。

许红梅反而要安慰她："别难过，我们生活在真实的世界里，没有一个人，没有一件事是完美的。"

求真牵牵嘴角，说："我还以为你俩是神话故事中的三世夫妻。"

"啊，"许红梅失望，"那不行，那实在太累了。"

"列嘉辉在你心目中，仍然完美？"

"我最最了解他。"

"我希望是。"求真说。

许红梅感喟："过去几年，每日黄昏，他均服侍我喝一杯热牛乳，待我睡下，才去过他的生活，那已经是很大的牺牲。"

求真却不那么想。"盛年的你，何尝没有陪伴过年迈的他。"

这时，看护放下书本站起来，说："这位女士，下次再谈吧，老太太累了。"

求真只得告辞。

想到当年十五二十岁时，通宵谈论志向宏愿，天亮了精神奕奕喝咖啡去，根本不知累为何物，没想到现在说话要分开一截一截讲。

她上了车，刚要驶走，一辆房车冲上来在她对面刹住。求真吓得跳起来，两车距离不到一米。

对面司机是列嘉辉。

他下了车，满面怒意地说："你要是男人，我真想把你揍一顿。"

求真不出声，难怪他生气，她的确多管了闲事，且用过不正当手段。

"卜小姐，没想到你有那么大的本事。"

求真听出他语气中渐渐无奈多过怒气，便下车来。

"卜小姐，我们得找个地方好好坐下来谈谈。"

求真"呵"一声，说："人们看见了会怎么说？"

"我会告诉他们，我年纪足可做你祖父。"

求真笑了。

列嘉辉毕竟有他可取之处。

她的车子跟他到一间私人会所。

"你见过宝琪了。"

"是一位不可多得的好女子。"

列嘉辉承认："我很幸运。"

"她不知道你已一百二十多岁吧？"

"不。"

"不敢告诉她？"

"我一直到十多岁才想起前生种种，原来当年的我雄心勃勃，不顾一切，想扬名立万，但自从再世为人之后，我对事业毫无兴趣，只想与心爱的人过恬淡生活。我觉得没有必要与宝琪提到过去。"

"许红梅知道你的事。"

"我知道她知道。"

"你没有歉意？"

"我由她带大，她自然原谅我。"

"既然已有美满生活，为何仍要劳驾原医生？"

列嘉辉抬起眼来。"我告诉过你，这一切是为了红梅，你一直不信。"

"看来是我糊涂了。"求真语气讽刺。

"活该，这是多管闲事的报应。"

求真气结，但列嘉辉有双会笑的眼睛，并且他懂得小事化无的艺术，求真发作不得。

"卜小姐，答应我别再扮游客去探访故居及故人。"

"好，我不去骚扰余宝琪。"

"谢谢你，你不知我有多感激你。"

他真是软功高手。

"还有，红梅身子实在差，你最好也别与她谈太多。"

"我明白。"

"卜小姐，你真体贴。"

"列先生，我很佩服你。"

"我？我是无名之辈，又无一技之长，不过靠小小积蓄度日，有什么过人之处？"

求真答非所问："我一直相信，只有可爱的人，才会有人爱他。"

列嘉辉不语，他随即微笑，他乐意接受任何年龄女性的赞美。

但求真仍然好奇："每日黄昏，你怎么同宝琪说？去见你母亲？"

"不，"列嘉辉更正，"去见我所爱及尊重的长辈，风雨不改。"

说得好。

"她没有疑心？"

"你已经说过，宝琪是另外一个不可多得的女子。"

呵，是，聪明人问题不多，聪明人从不企图去揭穿他人的秘密，即使那人是亲密伴侣。

"卜小姐，你肯定也是聪明人。"

"不，我不是。"求真慨叹，"第一，我运气不大好；第二，我不懂转圜。"

列嘉辉马上说："我肯定那不是你的损失。"

求真笑了，说："我也这么想。"

列嘉辉很认真地说："一定。"

求真十分感激。"谢谢你。"

"什么话！"

一杯咖啡时间他与她便化干戈为玉帛，列嘉辉多么懂得处理迁就女性的脾性，求真叹息一声，她年轻时亦是个标致的女郎，可是她从来没遇到过列嘉辉那样知情识趣的异性。

她所遇到的人流，要与她斗到底，一句话不放松，死要叫她认输，求真自问是个动辄便五体投地的人，偶像无数，只要人家有一点点好处，她便欣赏得不得了，可是，他们并无优点。

没有优点也不要紧，但身无长处而时时想叫人尊重，可真吃力。

求真又叹息一声。

琦琦在家等她。

她轻轻说："意想不到。"

求真脱下外套，踢掉鞋子，说："真的。"

"给你做许红梅，你会怎样？"

"我不要做许红梅，生活那么单调，一生只对着一个人。"

"可是她一生都可以与爱人在一起。"

"是，把他带大成人，他却同旁人结婚。"

琦琦笑道："你的器量浅窄。"

"谁说不是。"

"故事到这里，告一个段落了。"

"谁说的？故事才刚刚开始，他们已找到原医生。"

"可是，经过原医生的手术，展开的，将是新的故事。"

求真躺在沙发上，喃喃道："一生只爱一个人。"

"你可做得到。"

"我所遇到的人，没有那么可爱，"求真想一想，"还有，我自己也不太可爱。"

"能说这样的话，至少有一点点可爱。"

求真与琦琦大笑起来。

求真凝视琦琦，问："你一生所爱，是小郭先生吧？"

琦琦讪笑道："你怎地小觑我，求真。"

"你们俩谁也不肯承认，"求真啧啧称奇，"真是怪事。"

"没有的事如何承认，总不能屈打成招。"琦琦笑嘻嘻。

求真看着她的脸，说："长得美真是一大成就，说什么都有人相信。"

门外响起汽车喇叭。

求真走近窗口，只见一辆跑车停在门前，司机正在按号。

求真奇问："这是你的朋友？由他载你来？"

琦琦烦恼地说："当然不，他日夜盯梢，不肯放松。"

求真醒悟。"自船上一直跟到这里？"

琦琦不置可否。

"没有越轨的行为吧？"

"公然骚扰，还说不离谱？我迟早叫他走一趟派出所。"

"不可，那就小事化大了。"

求真开门出去。

"喂，你干什么？"

"看看我可摆得平此事。"

求真走到那辆银光闪闪的古董鸥翼跑车之前，探头去看那个年轻人。

他不是一个坏青年，见到求真，立刻腼腆地叫伯母。

求真吩咐他："下车来说话。"

那小子乖乖下车。

"你，追求琦琦？"

他点点头，有点忸怩。

"就算是，要用正当手法，一天到晚骚扰她，她会反感。"

"伯母你真开通。"

"人家拒绝你，你就该打道回府，停止纠缠。"

谁知那青年说："我身不由己，即使是看到她影子，我也是高兴。"

求真暗想：幸亏我没有女儿。

不过，也只有美女，才配享受这种特殊待遇。

"你叫什么名字，读书还是做事？"

"林永豪，市立大学经济系硕士班。"

"永豪侄，回家去，好好做功课，要不找小朋友打一场球，别在此地浪费光阴。"

"不，不，我没有糟蹋辰光。"

"还说没有。"

"我守在这里很高兴，"小朋友十分天真纯情，"这样快活，又怎么能说是浪费呢？"

求真有点感动，也许，只有在这个年纪，感情才是不含杂质的。

　　"你回去吧。"

　　"我明天再来。"

　　"喂，明天后天大后天都不必再来，喂！"

　　林永豪已把跑车开走。

　　求真感慨，上一次那么开心是几时，还有，上一次认真悲伤又是几时？

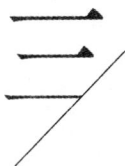

三

世上所有事都得付出代价，

那代价又永远比你得到的多一点，

我们永远得不偿失。

求真回家去，一看，琦琦也已经离去。

求真在书架子上抽出一卷录音带，放到机器上，由她最喜爱的小说陪伴她。

只听得那个温柔的说书人轻轻道："……那和尚接了过来，擎在掌上，长叹一声道：'青埂峰一别，展眼已过十三载矣！人世光阴如此迅速，尘缘满日，若似弹指！……可叹你今日这番经历：粉渍脂痕污宝光，绮栊昼夜困鸳鸯。沉酣一梦终须醒，冤孽偿清好散场！'"

求真渐渐睡去。

第二天是大日子。

求真一早等，等到近九时，心急，唤醒小郭先生问："我们几时出发？"

"出发往何处？"

"噫！去见原医生呀。"

"求真，我已安排他们与老原见面，中间人工作已告一段落，他们双方均是成年人，无须你我在旁协助吧？"

"可是——"求真急出一额汗。

"求真，不要多事。"

"他们约在何时何处？"

小郭"嗒"一声挂线。

求真颓然。

她在公寓中团团转了一会儿，忽然之间笑出来，吹皱一池春水，干卿的事？就当长篇小说看了一半，作者有事，续稿未到好了。

她当然希望读到下篇，可是凡事要顺其自然。

心境刚刚舒泰，却有人按门铃。

求真去应门，意外地见到列宅的管家。

"卜小姐，老太太叫我交这个给你亲收。"

是个牛皮纸信封。

求真道谢，收下，关上门。

她当然立刻拆开信封，里边是一个磁碟，上面标签写着

"卷三"。

呵，是卷三。

还有一张便条。"卜小姐，"许红梅这样写，"看了卷三，也许你会明白，为何从头开始，对我来说，已不觉新鲜。"

求真忽然笑了。

"小老郭小老郭，"她扬一扬手中磁碟，"你许多事瞒着我？我也不把真相告诉你。"

她连忙看卷三。

荧幕闪两闪，像一个人在踌躇，然后，许红梅出现了，她一贯脸容秀丽，衣饰优雅，站在她对面的，是一个外形豪迈的男子。

客厅布置略有更改，但求真看得出这是他们老家。

只听得那男子说："红梅，你要下决心，跟我走还是留下来。"

求真一听这句话，几乎要跳起来。

呵，原来谁也没有一生只爱一个人。

原来许红梅同列嘉辉的生命中都有他人。

许红梅迫切地说："让我带着嘉辉走。"

那男子苦笑着说："红梅，我告诉过你，我们要去的地方是一片荒原，没有医疗设备，也无学校，很多时候，甚至无食物饮水供应。"

"那，"许红梅说，"你也不要去吧？"

看到这里，求真摇摇头。

果然，那男子笑了。"红梅，男儿志在四方。"

许红梅颓然低头。

"你同嘉辉留下来吧，我此行是去布置战争设施，不是度假，并无归期，你不必等我。"

红梅抬起头来。"俊禹，至少带我去。"

那叫俊禹的男子喜问："你真的决定了？"

她还来不及回答，只见一名四五岁小男孩奔进来，哭喊道："妈妈，妈妈，不要离开我。"他哭了。

那正是列嘉辉。

许红梅抱起他，说："妈妈有事出门，去去就回，你同保姆一起好不好？"

"不不，"那小孩哭泣，"妈妈不要走。"

许红梅为难了，双目通红，非常伤心。

那男子谅解地拍拍许红梅手臂，小孩转过身子来敌意地注视他，更大声哭泣。

选择，选择是最残忍的，必然要牺牲一样去成全另一样，是以任何抉择都不会令一个人快乐。

许红梅落下泪来。

这男子是什么人，许红梅在何处认识他，他们如何进展到这种地步？

许红梅似知道有人会问这样的问题，她哀伤的脸容在荧幕上出现，轻轻说："让我来告诉你，我俩认识的过程。"

画面淡出，淡入的是一个幼儿园的操场。

放学了，孩子们由家长领回去。

许红梅抱着列嘉辉，正欲上车，忽而指着不远之处骇叫起来："止住它，止住它！"

那是一辆没有司机的房车，正向前滑动，幼儿园校舍建筑在斜坡上，车子刹车倘若拉得不够严密，会往前滑下，小路的斜坡尽头就是大公路，车辆往来非常繁忙，任由车子滑下，危险不堪。

偏偏车上还有两个幼儿，受惊啼哭。

其他家长因许红梅的叫声也发现危机，有几个飞奔着追上去。

许红梅抱着列嘉辉上车，吩咐司机："追上去，堵住那辆车子。"

司机开动车子追上，一边劝道："太太，车速已不低，那两个孩子又没系安全带，硬生生拦住，一下子碰上，孩子会飞出车受重伤。"

眼看公路越来越近，众人追跑不及，通通堕后，许红梅心急如焚，忽然之间，有一个人越奔越近，叫许红梅给他上车。

司机让他攀着车门，他自这辆车跳到那一架车，自车窗钻进去，拉住手刹，那辆无人驾驶的车子，千钧一发停在斑马线上，一辆巨型货柜车正打横经过，众人亦已追上来挥汗道谢。

许红梅紧紧抱着列嘉辉，轻轻说："英雄，英雄。"

画面淡出。

"家长们请他喝茶，我也列席，我们是那样结识的。"

一间小洋房内正举行聚会。

许红梅穿着蓝白间条的便衣，与小小嘉辉身上的球衣出自一式，她并无刻意打扮，看上去完全是一个忠诚的母亲。

一位家长起来宣布："欢迎方俊禹先生。"大家鼓掌。

不知怎的，方俊禹的目光落在许红梅身上，十分炽热，许红梅抱着小嘉辉，怔怔地不知所措。

"我的生活寂寞空白，俊禹的出现，带来色彩，"许红梅旁述，"他们都说，躲在小镇过活的人，都有一段历史，方俊禹在这里出现，并非偶然，他与他的同僚，选择这个与世无争、风景秀丽的小城做大本营，商讨一个极大的计划，一旦成事，他便得离开。"

求真站起来，算一算年份，那应该是一九八八年左右，有什么国家政变大事发生，不难查出来。

"他终于要离开我们了。"

求真"啊"一声叫出来。

她没想到许红梅真的会跟方俊禹走。

她丢下了列嘉辉。

求真脸上变色，许红梅变了心。

求真不愿接受这个事实，海枯石烂都可以，求真不相信许红梅会变心。

求真难堪到极点，她竟走了眼。

许红梅温柔的声音告诉求真："我放下了嘉辉，跟他出发。"

一个雾夜，她与他带着简单的行李，乘一架小型飞机离开小镇。

"这一去，是九个月，我快乐吗？不，每夜都听见嘉辉啼哭。白天难得见到他一面，他每日运筹帷幄，背着革命重担。"

求真叹息。

"终于，我自动要求离去。"

许红梅再在荧幕上出现的时候，已呈憔悴之态。呵，没有打击大过感情上的挫折。

她已回到家中。

保姆抱着嘉辉前来。

孩子以陌生的目光看着她。

保姆笑着说："多时没见妈妈，生疏了，过两日会好的。"

许红梅不语。

保姆同孩子说："挂念妈妈，为什么不说？"向许红梅报告："太太出门之后，夜半时常惊醒大哭，见太太房内有灯，必定去寻，听见门声，往往凝神聆听，多日不说一句话，从没见过那么懂事的孩子。"

许红梅垂头。

"妈妈不是回来了吗？"

红梅伸出双臂，说："妈妈抱。"小嘉辉仍然伏在保姆身上。

红梅解释："大人总要出门办事，你去问问其他小朋友……"不知怎的，她的声音先哽咽了。

"终于，坏消息传来，方俊禹在一个清早出去之后，没有再回来，并无留言，亦无遗嘱，下落不明。他去向如何并不重要，渐渐，我似忘记自己曾经出走，嘉辉年幼，亦不复记得我曾离开他一段时期，我却耿耿于怀，原来我这样容易变心。"

求真黯然。

"原来，我欺骗的是我自己，我终于认识了许红梅。"

不愿从头开始，是因为对自己没信心。

多大的讽刺。

第三卷自白，到此为止。

许红梅为那次错误的抉择深深内疚。

是太过仓促了，一个不知底细的陌生人，即使是英雄又如何？

因为寂寞，因为不知何去何从，她跟了他走。

她以为每个异性都会像当年的列嘉辉那样把她放在首位。

求真呼出一口气。

列嘉辉一定会不顾一切把许红梅带到原医生处。

第二天下午，求真忍不住驾车到列宅去打探消息。

管家来启门，见是求真，有点讶异。

"卜小姐，昨日傍晚，列先生便带着老太太出门去了，据列先生说，他是陪老太太去看医生，一段时期不会回来，把家交给我看管。"

求真只得借口说："没料到昨日就出发，想是不欲与亲友辞行，他与我说过，此行是去看原医生。"

"不错，医生的确姓原。"

"老太太行动方便吗？"

"老太太似睡着了。"

"他扶老太太上车？"

"他抱着老太太——真没见过那么孝顺的儿子，"管家感喟，"万中无一。"

旁人哪里知道那许多，列嘉辉分明是在许红梅不同意之下强行把她带到原医生处。

"由司机送他们？"

"不，列先生自己驾车到飞机场，只吩咐说，日后会有一位许小姐来短住，叫我接待。"

没有痕迹地出走，且已为许红梅铺了后路。

旁人只得等消息。

"卜小姐，他们返来，我说您来过。"

"劳驾了。"

求真站起来离去。

返来？几时？也许是明天，可能是下个星期，更有机会是世纪末。

自原医生处出来，他们会变成彻头彻尾的年轻人，忙着做年轻人的事，说不定要过三五十年，才会想起旧时之友，届时，卜求真墓木已拱。

想到这里，一丝恐惧油然而生，求真连忙走到露台上去深呼吸，人类对死亡，一向敬畏有加。

三天后，她与小郭一起聚餐。

小郭说："无论怎么样，我已经挨过这一年，我不会从头再来。"

"小郭先生，你这一生，过得不坏呀。"

小郭笑笑："可以这么说。"

"从头开始，有何不可？"

"求真，一个人即使返老还童，性格是不会变的，而那样的性格，一定会做出那样的选择，命运轨道，相差无几，一张报纸，从头到尾读两次，你说烦不烦，还有什么味道？"

求真无言。

琦琦在一边默默侍候小郭，舒服熨帖地递茶递巾，动作如行云流水，与小郭早有默契。

小郭少不了她，而琦琦如果没有服侍的对象，恐怕也会惘然若失。

"两位暂时不会离开本市吧？"

"闹市有闹市的方便，真正要隐居，住哪里都一样，不一定要回归深山野岭。"

求真大喜道："那我多一双朋友可以来往了。"

谁知小郭立刻说："你可别天天来烦我，吃不消。"

求真啼笑皆非。

琦琦说："别听他的，他巴不得你日日来同他抬杠。"

"我不会妨碍你俩隐居。"

"隐居，那么容易？"琦琦笑，"很讲条件的，第一，性格要恬淡，第二，得不愁生活，否则三五七天之后，还不是又抛头露脸四处亮相。"她拿眼角睨着小郭。

小郭居然承认事实："我的确不甘寂寞。"

大快朵颐之后，小郭有点瞌睡，求真向琦琦使一个眼色。

琦琦便说："求真想早点休息。"

　　饭局至此结束。

　　求真驾驶小小房车返回寓所。

　　中途她已发觉有人盯梢。

　　那部车子完全不在意她知道此事，每隔一阵子便响号惹她注意。

　　谁，哪个少年人？

　　求真搜一搜记忆，不，她并没有这样相熟活泼的小朋友。

　　到家了，后边那辆小跑车也跟着停下来。

　　求真下车，叉起腰，等那人出来。

　　车门一开，就有人叫："求真！"

　　声线稚嫩，分明是名少女，胆敢直呼长辈名字，求真一向不惯这种没上没下作风，不由得皱起眉头。

　　"谁？"

　　"我，求真。"

　　少女下车来，马尾辫，小衬衣，大蓬裙，嫣然一笑，靠在车门上，说："我，求真。"

　　求真呆住了。

　　当然，是她，求真认得她，求真在荧幕上见过她，这正是少女时期的许红梅，皮肤光洁，双目明亮，头发浓乌，身段柔软。"求真，是我。"

她回来了。

手术成功，她回来了。

求真喉咙忽然变得干涸，她说："你，红梅。"

许红梅把手臂伸进求真臂弯，说："请我进屋喝杯茶。"

求真看着她，问："你今年几岁？"

红梅耸耸肩，说："二十一二，大抵是这个年纪。"

"你有前生的记忆吗？"

红梅点点头，说："有，每一个细节。"

"那还好，不至于要事事从头开始。"

"不，求真，"她转一个圈，大蓬裙散开，"我已决定绝对不重蹈覆辙，好好利用新生。"

求真呆半晌，看着她蓓蕾似的面孔，说："对了，列嘉辉呢？"

"他很好，他所需要适应的，没有我多，他已经回家。"

"哪个家？"

红梅忽然眨眨眼，说："我不方便问那么多，朋友之间要保持距离。"

朋友？

许红梅同列嘉辉是朋友？

红梅喝一口茶。"求真，你不是不知道他另外有个家，每天晚上，他给我一杯牛奶，里边放半颗药丸，喝了好让我睡，然后他便去过他的生活，"许红梅咯咯地笑，"年纪大了，老弱无能，只得由他摆布，心灰意冷，不想再生。"

求真呆呆听着，只觉毛骨悚然。

"他还是强行把我带到原医生处，那不过是三天之前的事罢了，'你不会后悔的，红梅，你不会后悔'，他说得对，求真，我没有后悔。"

求真惊骇地看着她，一个美貌少女，娓娓道前生的恩怨，那种诡秘实非笔墨可以形容。

"求真，我要好好生活，我不会再糟蹋此生，从此之后，列嘉辉与我，不再是同一个体。"

求真无语。

"求真，我们仍是朋友吧？"她拉着求真的手，神色焦急，她似真在乎卜求真这个友人。

求真只得说："我总是在这里的。"

"求真，你是了解我心情的吧？我不再愿意为列嘉辉而失去整个世界了。"

求真实在不敢苟同。"呃,我——"

"求真,这里,要找我,拨这个号码,我立刻出来。"

她忽然伸手,亲昵地替求真抿了抿鬓角,然后飞快地转身,上车去,摆手,按喇叭,把车驶走。

动作大,爱笑,她是个典型的正常少女。

原医生好手腕。

求真呆呆进屋去。

电话铃响。

"求真,"这是琦琦,"你或许有兴趣来一次,列嘉辉出现了。"

"在你们处?"

"是。"

"我马上来。"

求真其实已经相当疲倦,可是被这样的消息一刺激,精神亢奋,只抽空洗把脸,便赶到小郭处。

列嘉辉一听到她的声音立刻转过头来笑着说:"求真,见到你真好。"

这已是他第三度做少年人。

列嘉辉神采飞扬,剑眉星目,站起来欢迎卜求真。"老朋友了。"

求真立刻说："小朋友才真。"

列嘉辉不出声，只是微笑。

"一生有列先生这样奇遇的人可真不多。"

"是，原医生对容医生所犯的错误怀有歉意，无条件为我们达成愿望。"

求真说："这是你最后一次年轻了，好好利用它。"

"你们同原医生那么熟，为什么不——"

求真打断他："列先生，人各有志。"

"可是，世人没有不想长青不老。"

"照你的说法，世人也没有不想发财成名，子孙满堂的了。"

列嘉辉当然听得出卜求真语气中讽刺之意。

可是年轻的他心情愉快无边，根本不想与任何人计较，嘴里唯唯诺诺："我忘记世上自有清高的人。这是我眼光低俗之故，我此来是要向各位道歉，"他站起来，"我不打扰你们了。"

小郭扬扬手说："琦琦，送客。"

琦琦送他到大门，问："列先生，你回过家没有？"

谁知列嘉辉答："我与红梅已有协议，我们的家已经解散。"

"列先生，你还有另外一个家，那个家里有一位女主人在等你。"

列嘉辉一怔，像是刚刚被人提醒的样子。

求真笑了，不久之前，她还把列嘉辉当作最最重感情的人。

列嘉辉答："我会做出安排。"

求真立刻答："当然，我是多嘴了。"

列嘉辉笑。"要找我，请拨这个号码。"他留下通信处。

求真看着他那辆跑车一溜烟驶走，喃喃道："世上竟有那么讨厌的人。"

琦琦莞尔。"你一直不喜欢他。"

"他对异性太轻率。"

"他们均如此，只不过起初你对他要求太高，所以失望。"

琦琦太懂得分析别人心理。

求真说："全中。"

回到书房，只见小郭已在安乐椅上盹着。

求真感喟："年纪大了，同幼儿一样，随时随地睡得着。"

琦琦取来一张毯子，覆在他膝上。

求真说："趁他不知，把他抬到原医生处，把老郭恢复小郭模样。"

"他醒了不会放过你。"

"说不定他会觉得很享受呢！"

"你知道他不是那样的人。"

"琦琦，小郭先生到底叫什么名字？三十多年老友，也该为我解答谜底。"

"你怎么不去问他。"

"他不会告诉我。"

"他也没同我说过。"

求真给琦琦一个"算了吧你"的表情。

那夜累到极点，求真反而睡不好，整夜乱做梦，在床上辗转反侧，半夜惊醒，居然发觉她头枕在床尾，她苦笑了，她又何尝不像小孩子，幼儿玩得太疯，晚上亦会频频哭醒。

在该刹那，求真好想抱住原医生双膝哭诉："多给我二十年，不，十五年，十年也好。"

天终于亮了，她的意志力又渐渐恢复，讪笑自己一番，梳洗之后，沏一壶茶，坐在书桌前，对着电脑荧幕，又镇定下来。

她按动键钮：青春的秘密——太像畅销书名了。

生命的抉择。再来一次，一百二十岁的少年。

忽然之间，电脑荧幕变为一片空白，求真一呆，正想检查机件，荧幕上出现一行字："求真，想到府上打扰，不知可方便，原。"

求真正闷不可言，见字大喜，连忙复道："大驾光临，无限欢欣，倒屦相迎。"

她连忙自柜中取出陈年佳酿，没想到原医生到得那么快，求真捧着酒瓶前去开门，看上去活似一个酒鬼。

今日他打扮过了，须发均经整理，衣履新净。

"请进来。"

"没打扰你写作吧？"

"唉，"求真忍不住诉苦，"文思干涸，题材无聊空洞，每日写得如拉牛上树，幸亏有点自知之明，处半退休状态，不再争名夺利。"

原医生吃一惊。"未老先衰，何故如此？"

求真说："你到了我这个年纪——"

原氏打断她："别忘了你的年纪比我小。"

求真颓然地说："可是你们有办法，明明比我大十年，可是装得比我小十年，一来一往，给你们骗去二十年。"

原医生大笑。

"还有，我做小辈的时候，老前辈们从不赦我，动辄冷嘲热讽，好比一个耳光接着一个耳光，好了，轮到我做前辈，比我小三两岁的人都自称小辈，动不动谦曰吃盐不及我吃米多，真窘，呵，夹心阶层不好做。"

原医生直笑，接过酒瓶，去了塞头，找来只咖啡杯，斟一点给求真。

"又忙又苦闷，巴不得有人来诉苦。"

"那我来得及时了。"

求真看看表，说："十分钟已过，我已说完。"

"我不介意听下去。"

"不，我同自己说过，如果多过十分钟者宜速速转行。"

"那么，轮到我了。"

"你，你有什么苦?"求真大大讶异。

原医生对着樽口喝一口酒，坐下来，炯炯眸子里闪出一丝忧虑。

这个自由自在遨游天下，一如大鹏鸟般的男子能有什么心事?

求真不胜诧异。

原医生有点尴尬地说："真不知如何开口。"

求真越来越纳罕，她同原医生不熟，难怪他觉得难以启齿。

她体贴地顾左右而言他："原医生，你那手术若可公开，世上富翁将闻风而至，你会成为地球上最有财势的人。"

原医生不语。

"不过，不是每个人都可以等上三十五载。"

原医生叹息一声。

求真又道："我也想过返老还童，如果可以，我将珍惜每一个朋友，每一个约会。"

原医生抬起眼来，他似已经准备开口。

求真以眼神鼓励他。

"请代我告诉许红梅，我拒绝她的好意。"

求真呆住了。

她怔怔看着原医生，要隔很久很久，才把其中诀窍打通。

只听得原医生又叹息一声，说："求真，麻烦你了。"

"慢着，"求真说，"听你的口气，并非对许红梅无意，莫非有难言之隐？"

原医生诧异地反问："你不知道？"

"愿闻其详。"

原医生诧异地说:"他们二人未曾向你提及?"

"没有。"

该死的列嘉辉什么都没有说。

"该项手术并未臻完美。"

"呵?"

"所有违反自然的手术都不可能完美,必定会产生不健康副作用。"

"列许二人会有什么遭遇?"

原医生说:"他们不能再爱。"

"啊?"

"一旦产生情愫,立刻影响内分泌,只有比正常人老得更快。"

"原医生,你不是开玩笑吧?"求真跳起来。

原医生摊摊手,说:"你看,世上所有事都得付出代价,那代价又永远比你得到的多一点,我们永远得不偿失。"

"噫,不能够爱,年轻又有何用?"

"有情人自然作如是观。"

"呜,我吃尽了亏,可是并不打算学乖,除了人,我还爱许多事与物,地与景,年纪并不影响我丰富泛滥的感情,我时常为能够爱能够感动而欢欣，我生活中不能没有各种各样的爱。"

原医生低声说："但是列嘉辉与许红梅已做出抉择。"

"手术前他们已知道这是交换条件？"

"我不会瞒他们。"

求真哑口无言。

多大的代价。

隔一会儿求真问："单是不能爱人呢，还是连一只音乐盒子都不能爱？"

"全不能爱。"

哗，那样活着，不知还有什么味道。

原医生忽然很幽默地说："一场不幸的恋爱，往往使人老了十年，原理也相同。"

"是，"求真承认，"爱与恨都使我们苍老。"

原医生叹口气，说："告诉红梅，我不能接受她的好意。"

"病人爱上医生，也是常见的事。"

"我这个医生，技术还不够高明。"

"你还未能代替上帝。"

"谢谢你，求真。"

"我会把你的意思转告。"

原医生已喝完那瓶酒站起来。

求真忽然问："你呢？丰富的感情可会使你苍老？"

"求真，我已是一个老人，我已无能为力。"

求真摇摇头说："当那人终于出现，我想你照样会不顾一切扑过去。"

原医生大笑而去。

求真托住头，忍不住叹息。

许红梅与列嘉辉对警告不以为意，他们大概不相信这是真的，故此趁着年轻，为所欲为。

第二天，卜求真开始写许红梅的故事。

怎样落笔呢？以许红梅做第一人称叙述？

"我第一次见列嘉辉的时候，我八岁，他四十八岁。"

明明是事实，也太标新立异了。

那么，以列嘉辉为主角去写开场白，可是，求真不喜欢这个人，作者若不喜欢主角，故事很难写得好看，所以，列嘉辉只能当配角。

还有，卜求真可以自己上场，这样一来，剧情由她转述，笔力想必减了一层。

可是，求真此刻写作，娱乐自己的成分极高，她已不想故意讨好任何人，自然，她也不会胡写妄为叫读者望故事而生厌，不过，作品付印后，销数若干已不是她主要的关注。

求真蠢蠢欲动，由我开始吧，由我与老郭先生在游轮重逢开始写吧。

这是一个关于爱情的故事。

开头的时候，求真以为她遇到了有生以来最难得一见的一对有情人。

到了今日，求真发觉他们不过是见异思迁的普通人。

而且，当他们真正用情的时候，他们会迅速苍老。

这是一个关于爱情的讽刺故事。

才写好大纲，求真的访客到了。

求真揉揉眼睛，离开电脑去启门。

门外站着许红梅。

焦急、憔悴、黑眼圈、焦枯嘴唇。"他说，他已把答案告诉了你。"

求真淡淡地说："是，他拒绝你。"

许红梅不甘心地问："他为什么不直接对我说？"

"也许，因为你不像一个会接受'不'作为答案的人。"

许红梅不置信："他拒绝我？"喉咙都沙哑了。

"是，他拒绝你。"

"他怎么可以！"

每个少女都认为没有人可以抵挡她的魅力，直到她第一次失恋为止。

"红梅，回家去，好好休息，另外寻开心，不然的话，你很快就老了，听我的话，这是经验之谈。"

"他觉得我哪一点不好？"

"红梅，你什么事都没有，但是他有选择自由。"

红梅深深失望，她跌坐在沙发中，用手掩住面孔，再也不顾仪态姿势。

求真惊奇。

中年的许红梅是何等雍容潇洒，老年的许红梅豁达通明，可是看看少年的许红梅，如此彷徨无措，简直叫人难为情。

"红梅，坐好，有话慢慢说，不要糊涂。"

许红梅索性蜷缩在沙发上，说："如此寂寞难以忍受。"

求真忽然明白了。

年纪相差太远，他们同许红梅现在有代沟，难怪原医生无法接受她的好意。

再下去，连卜求真都要收回她的友谊了。

"听着，红梅，一个人最要紧是学习独处。"

"我不理我不理，"红梅掩住双耳，"我不要听你教训。"

"红梅，"求真起了疑心，"请你控制自己，你不记得你自己的年纪？"

"我二十二岁，"她任性地说，"我无须理会你们的教条。"

求真大惊失色。"你忘记前生之事？"

许红梅静下来，瞪着她，问："什么前生？"

"红梅，你我是怎么认识的？"

许红梅怔怔地看着求真，过一会儿说："你是我妈妈的朋友。"

"不！我从来没见过令堂，"求真捉住她的肩膀摇晃，"我是你的朋友。"

许红梅挣脱她，说："我不知道你在说些什么，你已是位老太太，我怎么会有年纪那么大的朋友。"

"呸！你才是老太太，"卜求真动了真气，"你忘了本了。"

谁知许红梅害怕了，说："你为何这么凶？"

她退到门角。

求真噤声，原医生这个手术还有一个不良副作用，许红梅已逐渐浑忘从前的人，从前的事，她白活了。

这个发现使求真失措,许红梅的记忆衰退,她变得与一个陌生的少女无异。

那陌生的少女见求真静了下来,吁出一口气,说:"你没有事吧,要不要替你召医生。"

为什么不叫救护车?求真啼笑皆非。

这时候,门铃响了,替她俩解围。

求真去开门,门外站着的是林永豪小朋友。

求真筋疲力尽,没好气地说:"你又来干什么?"

那小伙子一脸笑着说:"我来看看,琦琦是否在这里。"

"不不不,她不在此,走走走,别烦我。"

但是林永豪已看到站在求真身后的许红梅,他瞪大双眼,不愿离去。

求真立刻把握机会,决定以毒攻毒。"呵,对了,永豪,你反正有空,请替我把红梅送回家去。"

林永豪连忙大步踏前,说:"嗨,红梅,你好,我是林永豪。"

求真看着红梅,说:"不是老叫寂寞吗,现在好啦,有朋友了。"

红梅把手放在身后,换上一副欢颜,情绪瞬息万变,比任何少女更像一个少女。

求真心底有股凄凉的感觉，她自己也好不容易才挨过少女时期，日子真不好过，不由得对许红梅表示同情。"红梅，随时来坐。"

林永豪已经说："红梅，我的车子在那边。"

求真总算一石二鸟，把两个年轻人轰出去。

她瘫痪在沙发上。

傍晚，琦琦来访。

二人静静坐着玩二十一点纸牌游戏，顺带讨论女性的青春期。

琦琦说："不能一概而论，很多人的少女时期是她们一生中最好的日子，所以日后一直瞒着岁数，下意识希望回到那个流金岁月里去。"

"我的少女时期十分黑暗。"

琦琦讪笑道："大抵是没人了解你吧？我不同，我无暇理会这样深奥的情绪问题，我忙着在一家三流夜总会里伴舞养家。"

求真缄默。

"求真，你们不过是无病呻吟罢了，天底下，什么样的苦难劫数都有，连我，因是自愿的，也不好抱怨。"

求真忽然说："生活逼你。"

琦琦笑得眼泪都流出来。"不，谁也没对我施加压力，是我自己贪慕虚荣。"

求真更觉凄惨，连忙改变话题："许红梅想必已经忘记列嘉辉。"

"她忘得了他？"琦琦十分震惊。

"会的，什么事什么人，有一朝都会忘记，"求真吟道，"向之所欣，俯仰之间，以为陈迹，"她低下头，"所以，在当时，任何事不必刻意追求经营。"

琦琦喃喃道："她真会忘记他？"

已经忘了。

"许红梅此刻住什么地方？"

"她住在列宅，列嘉辉已为她做出安排。"

琦琦放下纸牌，打个哈欠。"你记得那姓林的小伙子吗？"

求真不动声色地问："他怎么样了？"

"他失踪了。"

"那多好，你终于摆脱了他。"

"是，他找到了另外一个目标。"语气中透着寂寥。

求真莞尔，琦琦一颗心一点不老。

只听得她又说："平白又少了一项消遣。"

求真回一句："我不知你那样低级趣味。"

"他使我年轻。"

求真说："我不要年轻，除了一身贱力，什么都没有，盲头苍蝇似乱闯，给工于心计的人利用了还感激到要死。这是我的经验之谈，我喜欢做中年人。"

"小郭喜欢做老年人，"琦琦笑，"他中年比较辛苦奔波。"

"他的确老当益壮。"求真问，"你呢？"

"我永远喜欢做现在的我，我没有抱怨。"

求真送琦琦出门时说："明天再来。"

老朋友真好，什么话都可以说，尤其是琦琦这样体贴温柔的老朋友。

处理得好，老年生活并不寂寞。

一个朋友走了，另一个朋友又来。

那是求真另一个做私家侦探的朋友郭晴。

这次他的称呼正确无误："卜女士，我想借你一点时间。"

"不用客气，我并不忙。"

郭晴开门见山，取出一张照片给求真看。"卜女士，你可认得这个人。"

求真一眼就认出她是余宝琪，列嘉辉的现任妻子。

"郭晴，别开玩笑，这是列太太，是我叫你去查列嘉辉生活情况才发现了她的存在。"

"你自照片中把她认出来，你见过她。"

"我不否认。"

"她也说她见过你。"

求真大奇，说："余宝琪找过你？"

"是，"郭晴答，"事情真凑巧，她到敝侦探社来寻夫。"

呵，求真替余宝琪难过，列嘉辉没有回家。

"她告诉我，自从一位自称旧邻居的老太太上门之后，她的丈夫就告失踪。"

老太太，每个人都那么称呼她，尽管卜求真不认老，可是在他人心目中，求真知道，她已是不折不扣的老太太。

郭晴说下去："她所形容的老太太，十足十是你。"

求真清清喉咙，说："是，是我。"

"你与列嘉辉先生的失踪有无关系？"

"没有。"

"你可知道列嘉辉先生的下落？"

"我可以设法找他。"

"列夫人余宝琪此刻正委托我找他。"

"我或可帮你。"

郭晴点头，说："谢谢你。"

"余女士一定很伤心惊惶吧？"

郭晴一怔，随即缓缓说："我总共见过她三次，不，她并不十分难过，她同我说，她必须在短时间内寻到列嘉辉，因为许多财产上的问题要待他亲手分配调派。"

求真又一次意外，问："只为他的签名？"

"是，她是他合法的妻子，我看过他们的结婚证书，他失踪之前留下的款子，只够她三五个月使用，所以她一定要尽快找到他。"

"她没有谋生能力？她没有积蓄？"

"那是另外一件事。"

"可是，急急找一个失踪的人，只为他的钱？"

小郭晴笑了，说："不为他的钱，找他做什么？百分之九十五寻人案，均与钱财有纠葛。"

求真颓然。

忽然她抬起头，说："我们年轻的时候，世情不是这样的……"

　　小郭晴温和地说："不，卜女士，据我叔公讲，他年轻的时候，社会更为虚伪浮夸，事实上人情世故一向如此，只不过回忆是温馨的，回忆美化了往事。"

　　求真仍然坚持。"在上一个世纪，爱就是爱……"她叹息了。

　　"请给我线索寻找列嘉辉。"

　　"我想见余宝琪女士。"

　　"只是，这次您又以什么身份出现呢？"郭晴颇费踌躇。

　　求真有点脸红，说："我想，她早已知道我并非嘉辉台从前的住客。"

　　"当然，嘉辉台之叫嘉辉台，乃因它是列嘉辉的产业，从不出租。"

　　求真疏忽了。

　　"不过她见你是一位老太太，没有杀伤力，故此敷衍你几句。"郭晴语气中略有责怪之意。

　　老太太，老太太，老太太。

　　或许，求真想，她应打扮得时髦些。

　　就在这时候，小郭晴又说："余宝琪指出有一位时髦的老太太，我一听便知道是你。"

求真服帖了。

郭晴说："我替你约她。"

他走到一边，用无线电话讲了起来。

过片刻，他问："余女士问，你愿意到嘉辉台固然最好，如不，她可以出来。"

求真马上说："嘉辉台。"

她终于有机会看清楚嘉辉台。

楼顶高、房子宽，分明是上一个世纪的建筑，装修维修得很好，可惜古董味道太重，有点幽默感的话，可以说风气流行复古，但是余宝琪那么年轻，与屋子的气氛格格不入。

余宝琪约莫知道求真想些什么，她说："嘉辉喜欢这个装修，他怀念他父母。"

"你呢？"

"我，"余宝琪忽然笑了，"我无所谓，老板说什么，就什么。"

求真不语，这是一个很奇怪的称呼：老板，不过想深一层，叫法非常贴切，列嘉辉的确是支持她衣食住行及零用金的老板。

求真细细打量余宝琪的表情，她有些微烦躁，少许恼怒，若干失望，但伤感成分微之又微。

她说："卜女士，列嘉辉必须现形，否则的话，我只得知会律师，宣布他失踪，一年之后，单方面与他离婚。"

求真惊问："不是五年吗？"

小郭晴笑着说："那是上一个世纪的法律，早已修改，一个人若存心失踪一年，配偶还何用等他！"

这倒是真的，强迫等上五年，有违常理。

求真清清喉咙，说："也许，他有苦衷？"

这回连余宝琪都笑了。"卜女士你真是个好人，替他找那么多借口开脱。不，世上并无衷情，我亦不欲猜度他失踪的理由。"

"那，你有没有想过他为何不回家？"

余宝琪一双妙目冷冷看住卜求真，略见不耐烦地说："他不回家，乃因不想回家。"

好，说得好。

"卜女士，你能找得到他，就请他出来一次，谈判财产问题，否则的话，一年之后，我将是他合法继承人，我会陆续变卖古董杂物，结束嘉辉台。"

求真忽然明白了，说："你并不想他回来！"

余宝琪无奈，过一刻才说："我们年龄相差一大截，志趣大不相同，他有许多怪癖，像每天坚持单独与他母亲相处半日，许多事他从不与我商量，许多隐私我无能力触及，我深觉寂寞……这次是我生活上一个转机，没想到他会先抛弃我。"余宝琪忽然妩媚地笑了，一如绝处逢生。

求真看着那张俏脸发呆。

啊，二十一世纪的感情世界与她当年的情景是大大不同了。

"所以，"她站起来结束谈话，"请你帮帮忙。"

求真结结巴巴地问："你不想念他？"

余宝琪拍拍求真的肩膀，说："我怎样牵记他都没有用，他要失踪，最好的办法是成全他。"

讲得真正潇洒，求真但愿她年轻的时候可以做到一半。

余宝琪说："我性格散漫疏懒，始终没有做出自己的事业来，换句话说，我在经济上得倚靠他人，所以我早婚，但我忠实地履行了职责，我一直是个听话的小妻子。"她又笑。

求真知道告辞的时间又到了。

她默默跟小郭晴离去。

回程中她一言不发，郭晴有点纳罕，这位健谈的老太太一向童心未泯，怎么今日忽然缄默？

求真终于开口了："在我们那个时候——"

小郭晴忍不住替她接上去："山盟海誓，情比金坚，唉，一代不如一代。"

求真困惑到甚至没有怪小郭晴诸多揶揄。

"我们总想尽办法把婚姻维持下去。"

"成功吗？"

"没有。"

"所以，"郭晴说，"不如速速分手，省得麻烦。"

求真想了一会儿，说："那个时候，我们能力做不到。"

郭晴惋惜地说："平白浪费大好时光。"

求真这时把郭晴的无线电话取过来，找到列嘉辉的通信号码，拨通，清晰地听到他活泼轻松的声音："哪一位？"

求真叹口气道："列嘉辉，我是卜求真，记得吗？"

"当然记得。"

求真不敢相信这样好的消息。

"记得？说一说我是谁？"

果然，他哈哈笑起来，说："陌生人，不可能有我电话号码，见了面一定记得，我在凯尔蒂会所泳池旁，你方便来一趟吗？"

郭晴在一旁马上回答："立刻来！"他即时将车子掉头。

求真放下电话，又沉默了。

隔了很久，她忽然轻轻说："少女时期，我有一个朋友。"

郭晴小心聆听，知道这是一个故事的开头。

"她的伴侣，嫌她配不起他，借故抛弃了她。"

郭晴不语。

"她却没有放弃生活，很努力进修，勤奋工作，结果名利双收，社会地位大大提升，胜过旧时伴侣多倍。"

郭晴此时说："那多好。"

"很多年很多年之后，她新居入伙，我们去吃饭，那个家布置高雅，地段昂贵，由她独力购置，朋友十分钦佩艳羡，高兴之余，喝多了几杯。"

郭晴看她一眼，有什么下文呢？

"她略有醉意，我扶她进书房，她忽然泪流满面，轻轻同我说：'他没有叫我回去。'"

郭晴"噫"一声。

"她没有忘记，小郭，为什么古人记忆那样好，今人却事事转瞬即忘？"

小郭晴只得说："我们进化了，练出来了。"

求真苦笑。

"或许，你那位朋友，恋恋不忘的只是那段回忆，那个人，假使在大白天同她打招呼，她会惊叫起来。"

求真侧着头想想，说："可能，她怎么还会看上那个人。"

"她不舍得的，是她自己永远流失了的宝贵年轻岁月。"

求真说："但或许她是真的爱他。"

"或许。"

"可是，在今日，连这种或许都已无可能。"

小郭晴十分无奈地说："今日的年轻人无法负荷这种奢侈。"

"你们的时间精力用到何处去了？"求真斥责。

对这个问题，小郭晴胸有成竹："首先，要把书读好。然后，找一份有前途的工作。搞好人际关系，努力向上，拼命地干，拼命地玩，时间过得快呵！像我，快三十岁，已经要为将来打算，甚至计划退休。我算过了，我有其他更重要的事做，我没有时间恋爱，我只抽得出时间来结一次婚。"

求真为之气结。"这样说来，你将是一个忠诚的好丈夫。"

"自然，"小郭晴接受赞礼，"搞男女关系，太浪费时间。"

"你会不会爱她？"

"谁，我终身拍档？我们当然要十分合拍。"

车子已驶到凯尔蒂俱乐部。

小郭晴说:"好地方。"

"羡慕?"

"不,"郭晴说,"我有我的活动范围,我很少艳羡他人。"

求真看他一眼,他这调调,同他叔公何其相似。

经过通报,服务员:"列先生在会客室等你们。"

年轻的列嘉辉迎出来,看到求真,笑起来。"呵,是卜女士。"他对她居然尚有记忆。

两个年轻人,一高一矮,一黑一白,一个活泼,一个沉着,一个英俊,另一个容貌平凡。但是求真却欣赏郭晴。

郭晴伸出手来,说:"我代表余宝琪女士。"

"呵,宝琪。"列嘉辉似刚想起她,有点歉意,"对了,你是她的律师?"

"我是私家侦探。"

郭晴打量列嘉辉,无比讶异,上次偷拍生活照时,他已是名中年人,今日的他明显地年轻十年不止,怎么一回事?

"宝琪好吗?"

"好,很好,她想知道你如何分配财产。"

列嘉辉如释重负地说:"我会拟份文件放在律师处,一切她所知道的不动产,全归她,户头的现金,全转到她名下,她会生活得很好。"

郭晴看着他，说："我的委托人想知道，你还会不会回去。"

这个问题，余宝琪并不关心，肯定是郭晴自作主张问出来。

"不了，"列嘉辉摇头，"我不回去了，相信她也会松口气，"他抬起头，"我很感激前些年她给我的温馨家庭生活。"

郭晴忍不住又问："你为何离开她？"

列嘉辉像是听到世上最奇特的问题一样，不置信地看着郭晴。

郭晴的答案很快来了。

有人推开会客室门，嗔曰："嘉辉，你一声不响躲到这里来干什么。"

是一个金发蓝眼肌肤胜雪的可人儿，姿态骄矜，佯装看不见列嘉辉有客人。

求真微笑，转过去看牢郭晴，说："还有什么问题？"

"有，列先生，是哪家律师？"郭晴没好气。

"一直是刘关张。"

求真拉着他离去。

郭晴一下子就心平气和了，求真暗暗佩服他的涵养。

"任务完成。"他满意地说。

"你在替余宝琪不值？"

郭晴抬起眼来。"我的委托人？ 不，她很懂得生活，我不会替她担心，年轻貌美，性格成熟，又不愁生活，这样的女子，今日极受欢迎。"

求真不出声。

"卜女士，或许你可以告诉我，列嘉辉怎么会年轻那许多？"

"呵，他摆脱了一段不愉快的婚姻，重获自由，心情愉快，自然年轻十年。"

"是吗？"郭晴当然不信。

"要是他处理得好，一直玩世不恭，还可以继续年轻一段很长的日子。"

郭晴转过头来。"你会不会在自己身上做点手脚以便年轻几年？"

"你们若再叫我老太太，保不定明天就去找原医生。"

郭晴猛地转过头来，说："谁，你说谁？"

求真知道说漏了嘴。"找医生。"年纪大了，精神不够集中，从前才不会这样。

"不，我听见你说原医生，你认识那位原医生，"郭晴兴奋起来，"那位大名鼎鼎的原医生。"

求真道："你听错了。"

郭晴说："我叔公曾经见过他，叔公不允介绍我认识。叔公说，他是另外一个世界里的人，我猜他所指是世外高人——"

"请在前边拐弯，我家到了。"

"叔公说原医生一生无数奇遇，过程可写一百本书，叔公说——"

"就在这里停，谢谢，改天见。"求真朝他摆摆手。

郭晴犹自问："你认识他？卜女士，改天我再来拜访您。"口气忽然恭敬许多。

求真莞尔，这才明白何以许多人爱把社会名流的大名挂在口中闲闲提起，以增身价。

她回到屋里去，一头钻进书房，冷静片刻，便开始写她的故事。

——他俩终于得偿所愿，回到较年轻较美好的岁月里去，但是，他俩并没有选择在一起共同生活，他们分了手，各奔前程。

她伏案写了一个小时，放下笔，站起来，透口气，松松四肢。

虽然一向写得不算快，但在全盛时期，求真也试过四小时写一万字短篇，一气呵成。

现在不行啰，一年摸索得出一个长篇已经很好。

求真斟了杯咖啡，走出厨房，即听见门铃。

她去开门，门外站着巧笑倩兮的许红梅。

白衣、白裤，那是上一个世纪最考究的天然料子，叫麻，极难打理。

求真打量她，笑起来，说："现在时兴红唇衬黑眼圈吗？"

许红梅嘻嘻笑道："好几天没正式睡了。"

她看上去已没前几天那么彷徨，也仿佛成熟许多，她的一天，似等于人家一年。

求真脱口而出："你在恋爱？"

"呵，是。"

"你爱上了谁？"

"我爱上恋爱的感觉。"

求真放下心来，不要紧，她仍然是个少女。

红梅伸个懒腰，说："世上最享受之事乃是一生把恋爱当事业。"

求真好笑地问："对象是谁，仍是林永豪？"

"永豪有永豪的好处。"

"那么，"求真笑得呛住，"他是 A 君。"

"对对，B 君呢？B 君已经毕业，条件比较成熟。"

"还有无 C 君？"

红梅有点无奈地说："那么多可爱的人，那么少时间。"

"对，叹人间美中不足今方信。"

红梅根本没听懂，她之来找求真，不外因为求真有双忠诚的耳朵及一张密实的嘴巴。

还有，求真的寓所舒适幽静，求真的厨房永远有一锅热汤。

那么多好处，何乐而不为？

这么巧有报馆的电话找，求真过去同编辑讲了几句，回来，发觉红梅已经在沙发上盹着。

手臂露在外套之外，脸埋在臂弯，长发遮住面孔，这个少女为着恋爱同家人断绝来往，再回头，父母墓木已拱，上一辈子的亲友老的老，散的散，她要诉衷情，也只得来这里。

求真轻轻替她搭上一方披肩。

许红梅似只可怜的流浪小动物。

她忽然动了一下身体，道："妈妈，妈妈。"

　　大抵是在梦中见到母亲了，抱在怀中，紧紧搂着，母亲腾出一只手来，轻轻抚摸婴儿前额丝一般的头发。

　　求真自幼与母亲不和，做梦如果见到母亲，必定是在激烈争吵。后来，她才知道此类遗憾是种福气。母亲去世后，她并无伤心欲绝，仍可坚强地生活下去。

　　窗台上一排玫瑰正在散播着香气，但愿它们可以帮许红梅继续做几个好梦。

　　求真回到书房工作。

　　红梅睡了颇长的一觉，醒来时问求真她可否淋浴。

　　求真放下手头上工作，笑着同她说："我送你回家吧，你的家豪华过此处百倍。"

　　"可是，"红梅说，"那里一个人都没有，净听见仆人浆得笔挺的衣服窸窸窣窣，寂寞得要命。"

　　求真说："看，我也一个人住。"

　　"但是你多么富庶，你有朋友、有工作、有爱好，你完全知道自己应该做些什么。"

　　求真失笑道："我一大把年纪，做卜求真超过六十年，自然驾轻就熟。"

　　红梅说："我希望你是我母亲。"

求真耸然动容。"呵，假如我有你这么秀丽的女儿——"

种瓜得瓜，种豆得豆，卜求真并没有哺育过幼婴，何来这么高大的女儿。

许红梅笑着说："如果我是你女儿，也许你已把我逐出家门，我们还是做朋友的好。"

求真忽然认真。"不会，我永远不会那样做。"

"即使我嫁了一个你恨恶的人？"

"你还是可以带到我家来。"

"我可否把他前妻生的孩子也带到此地？"

"我喜欢孩子，谁生他们不是问题。"

"可是我们又吵又脏又大吃大喝。"

"我会请用人帮忙收拾烹饪。"

"你说说而已。"

"你以为我真的不寂寞？我巴不得有一大堆子子孙孙带来这种小烦恼大乐趣。"

许红梅笑了。"你会是个好外婆。"

"来，我送你回去。"

列家的管家打开门，见是卜求真，惊喜万分。

偷偷地说："卜女士，你认识这位许小姐？太好了。"

"怎么样？"求真微笑。

"不知是哪家的孩子，真可怜，整日闲得慌，又不上学，又不做事，净等男孩子来找。"

"追求者踏穿门槛？"

"开头人山人海，我们疲于奔命，一天斟十多次茶，后来她嫌烦，轰他们走，渐渐就不来了。"

求真好奇地问："怎么个轰法？"

"罚他们等，任他们坐在偏厅，一坐两三个钟头。"

"呵，最长纪录是多久？"

"四个多钟头。"

"那岂非一整天？"求真骇笑。

"到后来，回去时已日落。"管家犹有余怖。

难怪恋爱使人老。

管家又说闲来就凝视书房里两张照片。

"谁的照片？"

"是老太太的父母。"

"呵。"

"卜女士，你有无听说列先生同老太太几时回来？"

"他们也许决定在外国休养一段时期。"

"是是是。"

求真拍拍他肩膀，说："我先走了。"

"还有，"管家唤住她，想多讲几句，"许小姐初来，活泼可爱，可是这大半个月下来，憔悴许多。"

大惑不解。

求真连忙代为解答："想必是心事多的缘故。"

"是是是。"管家立刻知道是多管了闲事。

他送求真出门。

她在门外张望一下，并没有年轻人持花在等。

于是她忽然想起半个世纪之前，在她家门口等的异性，不不，没有花，也没有糖果，那时社会风气已经大变，反正有空，等等等，闲钱却一定要省，假使女方愿意付账，已无人会同她们争。

从那个时候开始，求真知道女性流金岁月已经过去。

只有许红梅她们，才试过什么都不做、光是恋爱的好日子。

回到家，一打开门，就听见电话铃声不住地响。

有急事！

求真连门都不关，便扑到电话前面去。

是一段录音："求真，小郭心脏病发，已送往市立医院，请速前来会合，琦琦。"

糟。

求真立刻赶去医院。

也许这是最后一次见面，也许还能见许多次，也许连这一次面都见不到。

求真默默忍耐，长叹一声，此类生关死劫，最平常不过，人人均须挨过。

冲了两个红灯，幸亏没有遇上交通警察，求真赶到医院。

护理人员问："病人叫什么？"

"姓郭，叫——"

"叫什么？"

求真气结，这老小郭，她的确不知道他名叫什么。

"叫什么？"人家已经不耐烦。

"求真，跟我来。"幸亏琦琦出现了。

求真叹一口气，连病人叫什么名字都不知道，还探什么病。

二人匆匆来到紧急病房，只能隔着玻璃与氧气罩约莫认出那是小郭。

求真凝视那躺着的病人。

他可以是任何人，老郭、老王、老张，他们看上去全差不多。

当他们年轻的时候，各有各的风采姿势，活泼的小郭、机智的小王、英俊的小张！可是现在，现在已不能识别。

求真怔怔落下泪来。

琦琦在旁轻轻说："别担心，他无碍，明早医生便会替他植入人造心脏。"

"小郭先生最恨人工这人工那。"

"哦，我恐怕这次他不得不从俗呢！"

"他知道情况吗？"

"他醒过一次，签了字，求真，在法律上，我并非他的亲人，我没有地位。"

求真看琦琦一眼，问："你会在此地陪着他？"

"稍后我也想回去休息一会儿。"

"经过这次事故，或许你们应该结婚。"

"要结早就结了，现在还结什么。"

求真说："名正言顺呀，夫同妻，并排坐着，看上去顺眼得多。"

琦琦挤出一丝干干的笑容，说："要到他几乎离我而去，才知道他有多重要。”

医生在这时候出现，说：“病人可以见你们，不要刺激他，不要讲太多话，五分钟。”

求真连忙披上白袍戴上口罩走进病房。

她一句话都没说，只是握着小郭的手。

小郭脸上氧气罩给除掉，他能够说话，求真没想到他在这种关头仍爱斗嘴：“哭过了哎，怕失去老朋友是不是？”

求真为之气结。

小老郭气若游丝地说：“唉，在这种关头，英雄都会气短，何况是凡人，真想请原医生来施展他大能力量，还我河山岁月。”

琦琦问：“要我去找他吗？”

小郭摇头，说：“第一，他很有原则，不一定肯医我；第二，我是死硬派，凡是人生必须经历的，我还有勇气承担。”

求真笑道：“居然是条好汉。”

“咄！”小郭不服气，要挣扎起来。

看护连忙进来按住他，把氧气罩覆上，转过身来，瞪着求真与琦琦。

她们知难而退。

人一进了医院，就变成医院所有。

晚风甚凉，她俩打个冷战。

求真浑身汗毛竖起来，忽有不祥之兆，她低下头，只是
不出声。

那夜求真没睡好，朦胧间一直听到电话铃响，睡梦中她
挣扎去听，电话刚好挂断，呜呜连声，不知什么人找她，不
知有什么事。

若干年前，一清早，也是这么一通电话，是她兄弟打来，
说："母亲不行了，速来医院。"

她正穿衣出门，电话又到，说："妈已经去世。"

外套穿了一半，求真僵在那里，以后怎么办呢？表情应
如何？姿势该怎么样？

在电影里，主角与配角最懂得应变，如不，导演也会帮
忙，来一个淡出，跟着接第二场，一切困难已经过去。

可是在现实生活中，所有冷场也须逐一演出，真要命。

天才亮，求真就起来了。

在这一刻，她才知道寂寞是怎么一回事。

求真拨电话给琦琦，只听到一段录音："我已去医院，求
真，多谢你关心，琦琦。"

求真看一看钟，这正是小郭做手术的钟点，她忽而觉得彷徨，坐立不安，终于更衣出门，到市立医院去与琦琦会合。

"三〇六病房。"

"病人在手术室，请稍候。"

求真静静走到会客室，刚想坐下，忽见琦琦脸色灰败地走出来，身边有看护陪伴。

求真耳畔嗡一声，啊，终于发生了，她双脚发软，跌坐下来。

琦琦比她镇定，说："求真，你来了。"

求真看着她。

"手术失败，他已魂归天国。"琦琦伸手握住求真的手。

求真愣了一会儿，忽然挥舞拳头。"那浑球，他还没告诉我他叫什么名字！"

琦琦一直没出声。

求真大声控诉："一次又　次，叫我失去生命中最重要的人，一次又一次，真不知能承受多少次——"声音渐低。

其他病人的家眷听到这样的牢骚，深有同感，不禁都饮泣起来。

看护前来，说："这位老太太，我替你注射宁神剂。"

"走开。"

琦琦按住求真。"是我叫她来的。"

求真颓然屈服。

茫茫然她的记忆飞出老远，那天，她第一次看到小郭，他抬起头，老气横秋地问："卜求真，《宇宙日报》记者不求真？"

宛如去年的事罢了。

求真心神有点乱，时间哪里去了，为什么忽然之间人人都叫她老太太？她痛哭起来。

像一个不甘心离开游乐场的孩子，求真号啕。

旁人为之恻然，只道琦琦失去了父亲，求真永别了老伴。

但是求真知道她的哀伤可以克服，而琦琦将与创伤长住。

琦琦为小郭举行简单的仪式。

琦琦轻轻吟道："昔日戏言身后事，今朝都到眼前来。"

求真不语，站着发呆。

郭晴前来，紧紧握着求真的手。

他告诉求真："叔公把侦探社及他的笔记给了我。"

求真点点头。

"我在《宇宙日报》刊登了小小一段讣闻。看，看谁来了。"

求真抬起头，她发觉双眼有点不适，揉一揉，啊，都来了。

坐在礼拜堂最后角落的是原医生，不远之处是许红梅，前排有列嘉辉，余宝琪刚到，轻轻走到求真身边坐下。

他们都穿黑色，互相颔首招呼，不发一言。

小郭生前当不止这几个朋友，可是能不能来送他这一程，又讲前缘后果。

如今，小郭晴才是真正的小郭了，他好奇地问求真："那位穿黑衣的、气宇不凡的先生是谁？"

求真低声答："他姓原。"

小郭呆住。"原，原医生？"

他站起来要去招呼他，跟着自我介绍，可是一回头，已经不见了那黑衣男子。

原氏已经走了。

小郭只得重新坐下，喃喃道："叔公的笔记簿里一定有他的地址。"

年轻人的哀伤与爱情都不能集中，一下子淡忘。

琦琦坐在最前排，一言不发。

小郭又问："那年轻貌美的女子是叔公什么人？"

求真答："她是他的红颜知己。"

"他们没有结婚，是因为年龄差距？"

"我不清楚。"

"多么可惜。"

对小郭晴来说，叔公一生如此丰盛多姿，已经有赚，亲友不该伤心，故此不住逗求真聊天。

求真自问还了解年轻人，故不予计较。

牧师在这时叫众人唱诗。

余宝琪站起来，回头去取诗本，忽然瞥见列嘉辉。

她一怔，先是若无其事地打开诗篇，低头看着本子，但是定一定神之后，她缓缓把头转过一点点，眼角带到列嘉辉身形那边，脸上露出复杂的神色来。呵，先是一丝惊讶，跟着是恼怒，随即想起，他与她已没有瓜葛，于是轻轻呼一口气，她感慨了，眼色柔和下来，想到以前的好日子，终于黯然。

求真都看到了。

她老怀大慰，原来他们只是嘴硬，原来他们还没有练得金刚不坏之身，他们内心仍然压抑着各种情绪，偶然泄露，叫求真发现。

可怜，装得那样强硬，实有不得已之处吧，不过为挽回一点自尊，以后对自己有个交代，好继续生活下去。

求真叹息一声，但是不要紧，会过去的，余宝琪这样聪明懂事，年纪不算大，又有经济能力的女子，甚受男性欢迎，总有一日，她会完全忘记旧人旧事。

求真想到这里，不由得伸手过去接住她的手。

余宝琪知道适才一幕没躲过求真的法眼，感激她的关怀，轻轻点点头。

求真与年轻人的鸿沟突然接近一点，求真发觉他们并非冷血动物，他们比上一代更懂得压抑情绪，控制过火，看上去便冷冰冰，不近人情。

牧师要求众人再唱一首诗。

求真的目光又游到许红梅身上。

她的头发束在脑后，用一顶小小黑边帽子压住，宽大的黑衬衫黑裙，可是高挑身形仍然无比俏丽，她垂着头，露出一截雪白的粉颈。

而列嘉辉，正在凝视她的背影。

仪式终于完毕，许红梅转过头来，看到求真，向她走近。轻轻说："小郭先生是个好人。"

"你还记得他。"

"当然，他——"印象模糊了，"他是你的，他是你的——"

竟想不起来。

求真连忙说："他是我们的好朋友。"

余宝琪从来没有见过许红梅，她诧异地看着她，啊，那么美丽而憔悴的大眼睛，连同性都深觉震荡，这是谁？

求真却没有介绍她俩认识的意思。

而列嘉辉远远站在一角，踌躇着考虑是否要走过来，求真再抬头时，发觉他已离去。

红梅问："你找谁？"

求真答："没有，朋友都走了。"

红梅反而安慰求真："当然都要回家过日子，你也不希望我天天来你处坐着。"

求真只得说是。

只剩琦琦孑然一人，求真向她走过去。

琦琦听见脚步声，没有转过头来，只说："我想多坐一会儿。"

"我转头再来。"

"你回去吧。"

"我不急，我没事。"

在礼拜堂门口，求真发觉列嘉辉并没即时离去，他坐在车中，看着许红梅，似有话要说。

红梅接触到他的眼神，犹疑地征求求真的意见："他好像在等我。"

求真不出声。

她同他的缘分难道还没有尽？求真大吃一惊，只觉可怖，不由自主，退后一步。

幸亏这个时候，列嘉辉的车子终于驶走。

求真问红梅："你记得那是谁吗？"

红梅笑着说："那是列嘉辉，他曾叫我快乐，也曾叫我伤心，此刻我们已经没有关系。"

"你怀念他吗？"

"有时，有时不，"红梅说，"我还有一个约会，"她吻吻求真面颊，"我得走了。"

她不愿广泛地谈论她生命中过去的人与事。

许红梅上了车。

余宝琪也向求真告辞。

求真把他们一一送走。

只余小郭晴，在求真背后"啪"拍一记巴掌，说："这几个人，关系奇妙得很呢。"

求真没好气，转过头来说：“你懂得什么。”

“你没留意到他们的眉梢眼角吗，啧啧啧，大有学问。”

“没心肝，叔公故世一点悲伤没有。”

小郭诧异了。“可是，那是人类必然结局，并非叔公个人不幸，而且，他得享长寿，我又何必伤感？”

求真听了，只得叹息，说得再正确没有，可是道理归道理，她仍忍不住难过。

谁知小郭晴说下去：“而你，卜女士，你那样哀伤，是因为年纪大了，大约不须很久，便会同叔公会合，因而触感伤情而已。”

求真听了，一点没有生气，此小郭太似彼小郭，说话一针见血，也不理人家痛不痛。

就此可见小郭的生命其实已经得以延续，这个侄孙已得他真传。

求真不由得微笑起来。

“你还不走？”

小郭摇摇头，说：“你先把琦琦小姐送回家吧。”

求真回到礼拜堂内，看见琦琦还坐在百合花前。

求真把手搭在她肩膀上，说：“我们回去吧，我煮了一锅汤，欢迎你来品尝。"

琦琦缓缓转过头来。

她说："这世上一切的事，从此同小郭无关了。"

求真也说："以他那好奇多事的性格，不知是否会觉得无聊？"

"一定很寂寞。"琦琦十分怜惜地说。

"不怕，他这一觉，怕要睡很长一段时间。"

过了一刻，琦琦缓缓说："我一直以为他不怕老，可是有一日，我们观剧出来，看的是下午场，散场时正值黄昏，站在街角等车，他忽然在暮色及霓虹灯下凝视我，并说：'琦琦，我老了，你也老了。'"

求真轻轻给她接上去："于是你设法找到最好的易容医生，替你恢复青春。"

"我一直有点笨。"琦琦苦笑。

"不，你想他欢喜。"

"他并不见得高兴。"

"你知道小郭先生为人，天大的事，他都淡然处之，那是他做人的学问。"

琦琦笑了，说："他这个怪人。"

"小郭先生的确是可爱的值得怀念的一个人。"

"我会尝试替他整理笔记。"

"可是他把笔记给了郭晴？"

"也得让我替他找出来。"

"不是一宗简单的工作。"求真笑道。

琦琦眉头渐松，说："来，我们该去喝汤了。"

求真握住她的手。

离开礼拜堂时回头看了一看，小郭好像一直站在她们身后似的，不，不是老小郭而是年轻的小郭，他正嘻嘻笑，叉着腰，在设法逗得卜求真暴跳如雷呢!

求真又落下泪来。

四

有时，
什么都看不见，听不见，
最好不过，至少有益身心。

求真跟琦琦回到小郭的寓所。

一屋都是书本报纸，可是编排得井井有条。

一般老人的屋子都有股味道，可是这里空气流通，窗明几净。

小郭是努力过一番的。

"当我老了，我不要胖，不要懒，我不会固执，不会死沉沉做人……"这些愿望，看似容易，做起来，还真得费一番力气。

小郭都做到了。

琦琦功不可没。

但是她却说："我很少到他这边来，他老开着窗，凉飕飕的，我最怕脑后风。"

求真一屁股坐在安乐椅上，抬起头，看见一只棕色信封，信封上字迹好不熟悉，求真认得是许红梅的秀笔。

她忍不住伸手去取过来，信封还未曾拆开过。

求真转过头去问琦琦："这个信封，可否给我。"

琦琦眨眨眼，说："你说什么？我没听见，这里的东西不属我，要读过遗嘱才知道什么归什么人。"

求真即时会意，琦琦听不见最好。

她打开手袋，把那只信封放进去。

求真说："你没有看见呵。"

琦琦说："风大，吹沙入眼，迷住了，什么都看不见。"

求真静静合上手袋。

真的，有时，什么都看不见，听不见，最好不过，至少有益身心。

这种一级本领，要向琦琦学习。

"你看，这些是他的笔记。"

成沓堆在小小储物室内，照片，物证，剪报，以及他的亲笔记录。

"为什么他没用电脑？"

"不喜欢。"

"用了电脑，整理可方便了。"

"我也劝过他。"

求真在一只盒子里拣起一只精致的钻石指环。

"这是什么？"

"呵，有位先生怀疑女友不忠，托小郭索回指环，当对方退还指环，他才发觉他是多么愚蠢多余，一直没有来取。"

"另一个故事。"

"是，另一个故事。"

求真把指环扔回纸盒。

"通通都是故事。"

"是，一个人起码一个故事，有时，同一个人有三四五段故事。"

"我们真是奇怪的一种动物。"

"这一个奇怪的动物已与我们永别。"琦琦不胜唏嘘。

"我要向你道别了。"

"求真，我打算到另一个城市去生活，大概明后日起程，你不必相送。"

"琦琦，你何必离去。"

"走动得勤些，忙些，日子比较容易过，没事做，搬个家，忙他几个月，很快到年底……相信你明白。"

"可是连你都要离开我。"

"我终归是要离开你的，天下无不散之筵席。"

"可恨的人生。"

"郭晴会与你做伴。"

求真露出一丝微笑，说："他是小郭的翻版。"

琦琦送求真到门口。

求真回到家，忽然觉得树影太荫、厅堂太大、书房太静，信箱里掉出来的全是账单，没有亲友来信……她颓丧了。

锁匙"当啷"一声掉在地上。

她忽然听到有人说："你回来了，我等你呢！"

好熟悉的声音，好熟稔的一张笑脸。"郭晴，你是怎么进来的？"

"你没锁门？"

今早出门时太过仓促？不不不，郭晴有的是鬼主意。

他坐在九一一电脑之前，噫，他看过什么？

郭晴马上解释："等人是很闷的，我便自作主张娱乐自己，您不会见怪吧？"

放在桌面上的三张磁碟，正是许红梅的回忆故事。

求真不语。

那郭晴却忍不住说：“多么奇怪的遭遇。”

求真答：“是。”

郭晴见前辈不予计较责怪，精神一振，说道：“来，我们喝杯茶慢慢谈。”进一步放肆，反客为主。

求真知道一板起面孔，把这小子吓走了，她便没有人陪着说笑解闷，只得容忍。

唉，有什么是无须付出代价的呢？

只听得小郭晴说下去：“我有种感觉，他们的故事还没有完结呢。”看法同小郭一模一样。

“可是，”求真呷一口茶，“我们这些做观众的旁人，光是看，已经累坏了。”

小郭嬉笑。

求真自口袋里取出那只信封，说：“我这里还有卷四同卷五。”

“呵，”小郭耸然动容，“快看。”

到了这个时候，求真感觉忽然年轻了，时光仿佛倒流，眼前的小郭就是她的老朋友小郭。

他们二人静静观看卷四。

荧幕上出现的列嘉辉，已是个十三四岁的少年人。

而许红梅鬓角已出现丝丝白发。

她不悦问："你到哪里去了？"

"我去打球。"

"一去七八个小时？"

"打完球去吃冰。"

"嘉辉，我在家等了你一整天，闷不可言。"

"你自己为什么不找节目？"

"嘭"一声，列嘉辉把球摔到一角。

许红梅无言，怔怔地落下泪来。

列嘉辉露出厌倦之色，自顾自走开。

许红梅轻轻说："至此，我知道我错得不能再错，我妄想扭转我们的命运，真正多此一举，十多岁的列嘉辉，心目中根本没有许红梅这个人，他把我当他的保姆，我不能怪他，他一早同我说过：红梅，来世再续前缘吧。我没有听他。"

荧幕上的许红梅低头沉思，少年列嘉辉偷偷在她身后走过，从落地长窗蹿出去。

少年人精力无限，怎么肯留在家中发呆。

小郭按熄电脑。

"这么看来，许女士过的，一直都是如此沉闷的生活。"

"是，列嘉辉待她至孝，但是全无其他感情。"

"而到了一定年纪，她要寻找感情上的其他出路，也比较迟了。"

"是呀，"求真自嘲，"我一过四十，发觉自己不过是一个人，已无性别。"

小郭笑，他欣赏她。"卜女士，我叫你姨婆吧。"

"什么！"求真怪叫，"这算天大面子？"

"咦，你是我叔公的朋友，我叫你姑婆或姨婆完全正确。"

"吵什么，我自做我的卜女士。"

小郭偷笑，这样看不穿。

要等很久很久之后，小郭才会明白卜女士此刻的心情。

"来，卜女士，"当下他说，"让我们看下去。"

场地转了，是一所学校的门口，许红梅坐在车子的驾驶位上，像是在等人，是等列嘉辉吧。

他出来了，抓着球拍，好一个英伟的年轻人！身边一班朋友，说说笑笑，片刻散开，只余一个少女还在与他攀谈。

那女孩高挑身段，浓发，微棕皮肤，其实并不很美，到了中年，不过是中人之姿的一名妇女，可是此刻她年轻，青春有它一定的魅力。

女孩也拿着球拍，它成为最佳道具，她一刻把脸依偎在架子上，一刻又用它挡着面孔，自网格中偷窥列嘉辉，没片刻空闲。

小郭轻轻说："我们在荧幕上看到的一切影像，都来自许红梅的记忆，她的记忆真确可靠吗？"

求真答："我相信她是公道的。"

"我的意思是，这名少女，会不会比许红梅记忆中更美？"

"不会。"

"何以见得？"

"因为许红梅记忆中的许红梅，也不比现实更美，她没有给自己加分，自然也不会给别人扣分。"

"说得好。"

那女孩依依不舍，一直不放列嘉辉走。

终于不得不话别了，她像是得到列嘉辉的邀请，于是满心欢喜，跳着离去。

列嘉辉这才看到许红梅在等他。

他上车，许红梅一言不发。

这个时候，他知道许红梅是什么人没有？

许红梅开口了："嘉辉，你不是一直想知道我是谁吗？"

列嘉辉一怔。"是。"有关他身世，他当然想知道。

"我今天便打算让你知道。"

列嘉辉故作轻松地说："我一直晓得你并非我生母。"

"我也不是你的养母。"许红梅板着面孔。

刚才那一幕明显地使她不悦。

列嘉辉的语气也生硬起来："那么，请告诉我，你到底是谁，为何把我抚养成人，我们之间有何种渊源，你何以一个亲友均无，完全没有自己的生活。"

许红梅蓦然转过头来，说："你厌倦生活？"

"与你生活压力日增，我希望得到更大的自由，让我选择朋友、爱好，以及回家的时间。"

许红梅苍茫地看着他，说："你长大了，你不需要我了。"

这口气，何其像一个痴心的母亲。

求真叹口气。

只听得列嘉辉说："我当然需要你，我需要你的忠告，你的支持，你的爱护，今日我已是个二十二岁的大学三年生，有许多琐事，我自己可以做主。"

列嘉辉是个好青年，这番话说得不卑不亢。

小郭问："那一年，许红梅什么年纪？"

"她已是五十九岁的老妪。"

"保养得很好，看上去不过五十许人。"

求真忽然问："我呢，我又怎样？"

小郭晴得到拍马屁的好机会，焉有不把握之理，立刻说："您看上去这样英姿飒爽，我开头还以为您是叔公的学生，至多四十八九模样。"

求真侧着头想一想，说："我还以为你觉得我似二十八九。"

小郭笑，求真也笑。

但是荧幕上的列嘉辉与许红梅笑不出来。

他们继续看卷四的另一面。

一开始就是列嘉辉错愕、惊骇、彷徨、不可置信的表情，他英俊的五官扭曲，额角上的汗涔涔而下。"你，你是我的爱侣？怎么可能！"像是看到世上最可怖的事物一般。

许红梅的神情更复杂，她失望、痛心、后悔，问道："你对过去一点感觉与记忆也无？"

"不不，你杜撰了这样一件怪事来欺骗我！"列嘉辉惊恐地大叫。

他竟这样害怕！

求真站起来，熄掉电脑。

"喂！"小郭叫。

"要看，你拿回去看吧。"

"你不感兴趣？"

"太令人难受了，这二十二年许红梅完全虚度，她估计错误，她一心以为少年的她可以爱上中年的他，那么，少年的他也会同样回报，事与愿违。"

"但是，列嘉辉从头到尾尊重她，他非常孝顺她。"

"更加令这件事惨不忍睹。"

小郭感慨："时间，太会同我们开玩笑。"

求真忽然抬起头来，问："谁，谁来了？"

她耳朵尚如此灵敏。

小郭站起来，掀开窗帘，看到一辆车子轻轻停在门前，他吓一大跳，喊："见到列嘉辉同许红梅，他俩又在一起了！"

"嘘，别乱喊。"

那对年轻男女前来敲门。

求真立刻迎他俩进来。

真是一对璧人，看上去舒服无比，他们紧紧依偎着。

"求真，"许红梅一直这样唤她，"嘉辉同我，发觉尚有挽回的余地。"

"那多好，"求真温和地说，"那真是注定的。"

"我同他都不大记得从前的事，听琦琦说，你这里有记录，可否给我们一看？"

求真咳嗽一声，问："看来做甚？"

许红梅天真地说："有助我们互相了解呀。"

"咄！"求真低喝一声，"过去的事，最好通通忘得一干二净，一切均自今日开始，明白没有？"

列嘉辉笑道："她想查我历史。"

许红梅也笑："他过去不知有多少异性知己。"

这是典型恋爱中男女心态，既喜又悲，患得患失，求真十分了解。

"听我的话不会错。"

许红梅凝视列嘉辉。"你不会再犯过去的错误了吧？"

"我何曾有错。"

"那我何故与你分手？"

"全属误会，"列嘉辉转过头来，"女孩子最小心眼。"

小郭晴在一旁眼睛瞪得像铜铃。

经过半世纪的沧桑，他们终于可以在一起痛快地恋爱了。

小郭咽一口涎沫，看着这一对年轻男女，忽然由心底笑出来，说："对，女孩子小心眼，男孩子鲁莽，现在你们之间的误会已经冰释，还待在此地干什么？回家去吧。"

列嘉辉与许红梅手拉手，相视而笑。

许红梅说："我真的一点都不记得你对我做过些什么可怕的事。"

列嘉辉"哼"一声，说："说不定是你辜负我良多，此刻把话倒过来说。"

求真心想，谁欠谁都好，千万不要再错过这一次机会。

许红梅说："求真，我们打扰你也够多了。"

"不妨不妨。"

他们各自撇下异性伴侣，重回对方怀抱，如余宝琪、林永豪那样的人，无辜做了他们的插曲。

"仍在本市居住？"求真问。

列嘉辉答："你来过我们家，你知道那里环境不错。"

呵，那位管家先生会怎么说？

果然，许红梅说："那处什么都好，就是有个怪管家，老喜欢瞪着人看，好像不认识我们似的。"

求真只得笑。

"不过他服务实在周到，算了。"

求真送他们出门。

"求真，有空来看我们。"

求真也说："对，我们要保持联络。"

只见列嘉辉先开了另一边车门，侍候许红梅坐上去，关好车门，自己才坐到驾驶位上。这是上一个世纪中的规矩。那个时候，女性身份娇矜，男伴以服侍她们为荣。

到了世纪末，风气大变，女性不得不自宝座下来，协助抵抗通货膨胀，结果做得粗声大气、蓬头垢面、情绪低落。

二十一世纪终于来临，各归各，负担减轻，却更加寂寞，忽然看到这一幕旖旎的风光，求真有点怔怔的。

再回到屋里的时候，小郭已经走了。

他那种神龙见首不见尾的作风，比他叔公尤甚。

他带着许红梅那五张磁碟一起离去。

求真看了当日新闻，便休息了。

一连好几日，她都努力写作，电脑终端机密密打出她的原稿，一下子一大沓，求真无限感慨，这就是她的岁月，这就是她的河山。

过两日，求真家来了一个不速之客。

他是列宅的管家。

求真曾蒙他礼待，故对他也相当客气。

那位中年人一坐下便说："卜小姐，我已经辞职不干，你替我做个见证。"

求真一怔。

"将来列先生回来，你代我美言几句，我是不得不走。"他恼怒地说。

"有事慢慢说。"

"我同那一对年轻人合不来，他们要拆掉屋子的间隔，重新装修，我剧烈反对无效，只得辞工。"

求真颔首。

"他们到底是谁？列先生与老太太又去了何处？"

求真无言。

"他们是否合法继承人？卜小姐，我是否还要将他们告到派出所去？"

"相信我，他们是合法的。"

"那年轻男子的确长得像列先生，难道是——"他噤声。

求真温婉地说："辞了工也算了，列先生不会亏待你。"

管家不语，过一会儿又说："我准备退休，哪里再去找列先生那样好的东家。"

"你做了多久？"

"整整十一年。"

"可以领取公积金。"

"列先生走之前已经发放给我，"他停一停，"卜小姐，他们倘若回来，请告诉他们，我随时出来帮他们，这是我家地址。"

"没问题。"

管家又说："那对年轻人真怪，一时好几天不眠不休，一时数日足不出户，发起脾气来乱摔东西，可是过一阵子又对着傻笑，甚至看着对方呆呆落泪，精神似有毛病。"

求真想，呵，自古热恋中男女是这般怪模样。

"不怕，不怕，他们没事。"

管家赌气道："我不想再看下去了。"

"您多多保重。"

"幸亏有卜小姐这样殷实的人为我做见证。"

求真唯唯诺诺。

二十一世纪了，能有多少人可以有资格什么都不做，也不理世间发生些什么，专心一意，疯疯癫癫谈恋爱。

列嘉辉与许红梅终于如愿以偿。

求真拨电话给琦琦。

有一位小姐来接听："我是新房客，立刻就要把电话号码改掉。"

"打扰了。"

"你的朋友没有把新号码给你吗？"

"想必是忙，忘记了，稍迟也许她会同我联络。"

对方有点同情求真："静静等一会儿吧，她想找你，一定找得到，不要到处去搜刮她。"

"谢谢你的忠言，我省得。"

那陌生人十分识趣。

琦琦想静，就让她静一阵子吧。

友谊不灭，友谊不是搁着就冷的一样东西。

求真清心工作了一个月。

小郭晴没有出现，但是十分周到，常差人送可口精致的食物给他的前辈。

一时是勃鲁高鱼子酱，一时是油爆虾，一时是巧克力蛋糕，一时是一箱香槟。

到后来求真也不客气了，索性点菜："弄客清淡点的沙拉，还有，会不会做粤式点心？"

求真自觉有点福气，郭家的男丁居然都成为她的好友。

她没能靠到祖父、外公、父亲、叔伯、舅舅、兄弟、姐夫、丈夫，可是有小郭来体贴她，真是一种奇怪的缘分。

再过了几天，小郭终于到访。

带着一个大大的公事包，见到前辈，问声好，坐下来沉思。

求真莞尔道："缘何像煞有介事？"

"关于许红梅同列嘉辉——"

求真打断他："该案已经了结。"

"实不相瞒，这一个多月来，我仍然对他俩明察暗访。"

"发现了什么？"

"一切都是真的。"

"咄！"

他打开文件夹子，取出一大沓放大照片，全部平放在地毯上。

他同他叔公一样，不喜用先进的幻灯片装置。

"看。"

求真一眼扫过去，照片中全是许红梅与列嘉辉。

没有什么不对呀？

"仔细看。"

求真又瞄了一下，照片拍得极好，主角像是特地在镜头前摆姿势似的。

求真摊摊手，表示莫名其妙。

小郭"啧"一声，说："你没发觉，他们老了。"

求真哑然失笑道："人当然会老——"说到一半。猛然想起，立刻住口。

啊，原医生说过，这两个人要是恋爱，会迅速转老。

求真连忙蹲下取起照片细细观察。

不错，老了。

照片中标着日期，最近一张摄于昨日，许红梅已是一名少妇，面孔上肌肉略见松弛，显得有点浮，少女时秀气的轮廓消失，笑时眼角嘴边细纹毕露。

求真抬起头，感觉十分凄凉。

小郭大惑不解："人，怎么可能老得那么快？"

求真轻轻答："他们不是普通人。"

"原医生到底做了些什么手脚？"

求真不知如何形容才好。

可是小郭晴绝顶聪明，说道："这是对有情人的惩罚是不是？"

求真点点头。

小郭忽然抛出一句诗："呵，自是人生长恨水长东。"

求真啼笑皆非地摇头，说："不不不，不是这句，你不熟古诗，应该是天若有情天亦老。"

小郭像是第一次听到这句诗，十分震惊。"呵，太过贴切了，形容得真好。"

求真说："据原医生了解，我们都因有情而老，不过速度较缓慢，原来爱恋的情绪使我们身体产生更多衰老内分泌。"

小郭又说："多情却被无情恼。"

他又用错了。

小郭说："世上无奇不有，我得把这件事配以图片记录下来，这也是我开始做笔记的时候了。"

"打算留给令郎？"

小郭摇摇头，说："我不认为我会结婚。"

"独身主义？"

"明知自己太多旁骛，何必令家人寂寞？"

"言之过早，你还年轻。"

小郭说："不过我弟弟早婚，已有两个孩子，一男一女，那男孩与我感情融洽。"

呵，那也是一名小郭。

"几岁？"

"五岁了。"

求真微笑着说："稍等数年，你衣钵承继有人。"

"我也是那样想。"

那倒真是美事，一代传一代。

小郭站起来，说："这套照片我留给你，我会继续向你报道这件事。"

"谢谢你。"

小郭走到门口，又转过身子来，说："我认得一位师傅，他会做生煎包，咬下去一口汤，一口肉，哗——"

"每样半打。"

"要趁热吃。"

"是。"

小郭去了。

求真把照片逐张收拾好，放在一旁。

以这种速度算来，不消一个多月，列嘉辉与许红梅已会成为中年人。

到了年底，他俩已经苍老。

求真震荡。

幸亏这个时候，电话铃响了。

"卜求真，我是你老同学曾莹忠。"

求真记得这位小姐。"好吗？"

曾女士的声音烦恼无比。"不好。"

噫，有什么事？对这个年纪的女性来说，只有两件事可叫她们不安，一是子，二是女。

"孩子们有问题？"

"求真，我只得一个女儿，你是知道的。"

"呵，是，"求真打趣她，"你那宝贝晚生儿，今年也已成年了吧？"

"就是那小家伙。"

"不小了。"

"也许错误就在这里，我　直把她当作婴儿处理。"

"你请过来面谈可好？"用到"处理"二字，可见情况严重。

"我在公司里，走不开。"

求真"咄"一声，说："你要走，谁会抱着你双腿哀求痛哭，真是废话，再进一步，您老人家要是在这刹那毒发身亡，公司又难道会垮下来不成。"

那边静一会儿，说："我马上来。"

求真"哧"一声笑了。

真是糊涂，真以为自己一柱擎天，没有她世界会不一样。

过一会儿，曾女士驾到，手上还提着公事包，无线电话，以及小型电脑。

奴隶，真是红尘中的奴隶。

"关掉，通通给我关掉，什么年纪了，都行将就木，还处处看不开。"

曾女士拢一拢鬓边那撮银灰色头发，尴尬地坐下来，长叹一声。

求真这才拍拍她的膝头，说："来，喝杯咖啡，慢慢说。"

"小女恋爱了。"

"那多好，彼时你不是老希望多活几年，可以看到女儿成家立室吗？"

"求真，她的对象，比她年长二十多年。"

求真一怔，多么熟悉的故事。

曾女士几乎哭出来："劝她什么都不听。"

"对方是个什么样的人？"

"无耻之徒!"

求真笑出来,说:"客观些。"

曾女士无精打采地说:"对方是名建筑师,四十七岁,已与妻离异,有两名子女,是小女同学。"

"条件很好哇。"

"你吃撑了,求真,人的寿命有限,她的母亲已经比她大好几十岁,不能照顾她多久了,自然希望她有个好归宿,找个年纪相若的伴侣。"

求真揉着额头,发觉太阳穴隐隐作痛。

这是怎么回事?"老友,令千金只不过在谈恋爱,她未必会同该位仁兄订下终身盟约,还有,即使嫁他,也有机会分开,人生充满奇缘,下一位伴侣,许还比她小十多二十岁。"

"哎呀,"曾女士叫一声苦,"你这张乌鸦嘴,求真,我真是失心风了才会跑到你这里来。"

求真既好气又好笑,看着这个心急如焚的母亲。"你希望听到什么好话?"

"我以为你会帮助我劝劝她。"

"要听劝告的是你,给她自由,你并不拥有她。她无须遵你的旨意生活;放开怀抱,支持她,爱护她,不要干涉她恋爱学业事业以及其他一切选择。"

　　曾女士呆半晌，说："你懂什么，你又没有子女。"

　　"那你为什么来找我。"

　　"我想你会比较客观。"

　　门铃叮当响。

　　求真"噫"一声，客似云来，她欠欠身去开门，门外站着列嘉辉与许红梅。

　　求真大乐，说道："二位恋爱专家来得及时，有事请教。"

　　许红梅扬起一角眉毛，说："求真你真会揶揄人。"

　　她已经改了装束，不再做少女打扮了，求真看到松口气，这表示她的心态亦随着外形一起成熟，一身黑色便服十分符合她身份，求真自觉与她距离拉近。

　　"我替你们介绍，我的老同学曾女士是位有烦恼的母亲。"

　　许红梅笑道："呵，又多一位朋友。"

　　曾女士并不介意向陌生人吐苦水："许小姐，你说，你会不会爱上比你大二十多三十岁的异性？"

　　许红梅笑不可抑。"我当然会，怎么不会。"她深情款款看向列嘉辉。

　　曾女士怔住，大胆发问："有幸福吗？"

许红梅温柔地答:"可是,幸福是另外一件事,幸福同恋爱不挂钩。"

曾女士瞠目结舌。"难道恋爱目的,不是为着一个幸福家庭?"

许红梅笑不可抑。"不,恋爱并无目的。"

曾女士咋舌,大惑不解。"费那么大的劲,却无目的?"

列嘉辉一直站在一角不出声,到这个时候,也不得不笑道:"是,太太,你说谈恋爱是否愚不可及。"

曾女士细细回味他的话,然后猛然抬起头来,问道:"阁下是谁?你并非那个比她大三十岁的人。"

列嘉辉不语,退后一步。

求真打量列君,此刻,他的年纪又恢复到她第一次在船上见他那个模样。

"列先生,真高兴见到你。"她与他握手。

"我有同感。"

许红梅说:"求真,你与老朋友叙旧吧,我们改天再来。"

求真识趣,追上去低声问:"今日有何贵干。"

许红梅看到求真眼里去,问道:"你认识一位叫郭晴的私家侦探?"

"他怎么了？"

"此子一直盯我们梢，一日被嘉辉抓住，一记左勾拳，他叫出来说是你朋友。"

求真不得不承担："是，他的确是我亲厚的小友，他是小郭先生的侄孙。"

"呵，求真，想不到你有这样一个忘年之交。"

求真代为致歉："不幸所有私家侦探都行动闪烁鬼祟。"

"自然，探人隐私，原是见不得光之事。"

求真有些代小友汗颜。

许红梅说："求真，请你同郭某说一声，别再继续这种勾当，否则嘉辉会对他不客气。"

求真只得应允。

"再说，"许红梅嫣然一笑，"嘉辉与我即将出国旅游，私家侦探也跟不到。"

列嘉辉过来与求真紧紧握手，说："求真，我们下次再来看你。"

求真说："记住，是很近的将来，别等我百年归老的时候再来。"

列嘉辉与许红梅双双退出。

这个时候曾女士失声问:"这一对男女是谁,长得那么漂亮?"

求真颔首,说:"这便是传说中的一对璧人。"

"没想到求真你有那么出色的朋友。"

"当然,你以为我所有的相识都似你这般草包。"

曾女士并不生气,呆半晌,说:"我看穿了,随她去吧。"

求真劝道:"儿女做什么你都反对,你又不能提供更好的选择,对年轻人的世界也不甚了解,日子久了,他们会疏远你。"

曾女士低头不语。

正在这时,门外有汽车喇叭声,求真掀起窗帘一看,说道:"噫,令千金来接你了。"

曾女士喜出望外。

"快上车,又不是叫你去同比你大三十岁的异性谈恋爱。"

曾女士给求真一个白眼,开门出去与女儿会合。

求真十分羡慕,到底是有儿女的好,生气也有生气的乐趣,一下子雨过天晴,母女俩双双逛街去。

过一日,郭晴来了,一声不响,坐在求真对面。

求真看到他面孔,吃一惊,没想到列嘉辉左勾拳威力如此厉害，小郭晴右眼又青又肿，睁不开来，只剩一条线。

"有没有看过医生？"求真紧张。

"无碍视线。"小郭无精打采。

"列嘉辉心狠手辣。"

"这自然不在话下，"小郭说，"是我不好，我自己不够小心。"

求真说："是，我们无权去探他隐私。"

"他俩已于今早乘船出发旅游。"

求真松口气，说："那好了，我们再也不要管他们的事了。"

谁知道小郭固执地问："谁说的？"

"你打算怎么样。"求真一半好笑一半好气。

"我早在豪华游轮企业号上伏下眼线。"

求真讶异。"噫，你果真没完没了，惹上你真是蛮痛苦的一件事。"

本是讽刺语，可是小郭一本正经严肃地答："是。"

求真笑了，说："你还想知道什么？"

"他们感情进展状况。"

"与我们有关吗？"求真质问。

"叔公穷一生之力追查列许二人的感情历程，我有义务承他遗志续查，以便档案完整。"

"当心你另外一只眼睛。"

小郭恨恨地说："那厮力气怎地大，这是我侦探事业中之奇耻大辱。"

求真劝道："你自己也有错啊。"

"我有错，他就该出手打人吗？已经长得那么英俊，又富有，还不够吗，还能随便打人？"

求真觉得小郭这几句话已无逻辑可言，十分感情用事。"你一直不喜欢他。"

小郭毫不讳言："是，我不明白一个人为什么可以得到那么多，包括二度恢复青春。"

"你嫉妒？"

"是。"

"嫉妒是很坏的一件事。"

"是。"

"你是否会考虑控制你的情绪？"

小郭指着青肿的眼睛问："你是我，你会怎么样？"

求真叹口气，说："我会恨他。"

"谢谢你，卜女士，你是个公道的人。"

求真不住摇头。

"所以我会一直盯住列嘉辉。"小郭悻悻然地说。

那块鸽蛋般大小的青肿要两个星期后才消失，小郭右眼却红丝密布。

他一直未得到列许二人的消息，直至一日，船停在斯里兰卡，列许二人上了岸，没有再回到船上。

船长并没有寻找他们，看情形早已得到消息，他俩会在此站告别。

但是小郭明显地吃了败仗，他闷闷不乐，一边叮嘱世界各地行家代为寻找二人，一边追问求真，他们最可能在何处落脚。

求真说："让我想，斯里兰卡不错呀，印度洋之珠，风景秀美，可惜天气稍嫌炎热……还是南太平洋几个岛屿可爱，你有无听过法属马克萨斯群岛与苏萨阿蒂群岛？其实，文明都会也有优点，巴黎有巴黎的风光，还有，新奥尔良也有特色，火奴鲁鲁更加——"

求真还想讲下去，忽然发觉小郭瞪着她。

瞪眼，自然是表示极度不满，求真只得说："不，我不知道他们去了何处。"

"一点线索均无？"

"他俩财宏势厚，无拘无束，又懂得享受，去到哪里不一样。"

"你的意思是，再也找不到他俩？"

"世上那么多人，如恒河沙数，那一男一女，要是决心躲起来谈恋爱，如何去找。"

小郭抬起头，如有顿悟，呆半晌，才说："无法找了。"

求真听了这四个字，十分高兴，附和着说："是，无法找了。"

小郭默默离去。

求真十分宽慰，及时放手是太重要的事，一味死缠烂打，容易走火入魔。

真气走入岔道，影响身体正常运作，有碍养生。

接着的一年内，小郭都不再提到列嘉辉与许红梅二人。

他努力整理叔公的文件，把他早年的案子，以短篇小说形式发表，文字经卜求真润饰，推出之后，大受读者欢迎。

"比一般虚构的推理小说合理得多了。"

"人情味浓郁，犹胜曲折剧情，当事人是个有情人。"

"没想到真实世界里有那么多阴暗悲哀的故事。"

"最有趣的是，郭大侦探永远苦苦哀求事主不要追查真相。"

"原来一件事的真相是世上至恐怖的事。"

求真老怀大慰。

总算为小郭先生尽了一点绵力。

但是他的侄孙却困惑了。"版税与稿酬加一起，几乎足以支付生活费用，那么，侦探社还开不开？"

求真笑了。

"我打算把业务交给好友，待叔公的故事全集发表完毕，才重操故业。"

"那可能是三十年后的事。"

"无须那么久，十年八年够了。"

"那么，小郭晴，你得祈祷我得享长寿。"

"你一定超过百岁。"小郭不假思索。

"不过，"求真说，"一年半载之后，你的文字也许已经磨炼得法，不用任何人辅助。"

小郭深情款款地说："我永远需要你。"

求真侧头一想，从来没有人对她说过那样的话呢，不禁激动起来。

"有一家素菜馆，妙不可言，我已订了台子，一起去大快朵颐。"

求真欣然赴约。

那个晚上，求真看到了小郭的女伴。

原来他特地请长辈来会一会他的意中人。

那女郎艳丽、温柔、懂事，蓄着长发，有种特殊风情，很少言语，只是微笑。

叫求真想起一个人：琦琦。

遗传因子终于发作，小郭不但承继了叔公的事业，对异性伴侣的选择，也一如叔公般品味。

求真感慨万千，她仍然不明白时间去了何处，一时它过得太快，一时它又过得太慢，可是刹那间，它一去无踪，现在，连第三代都事业有成，快成家立室了。

求真喝了几杯，忽然说："郭晴，要不就结婚吧。"

小郭一怔，笑了笑说："长辈最喜欢参加婚礼。"

求真怕他一耽搁下来，就会步叔公后尘。

这时，小郭转头看着女伴，问道："那，你愿不愿意结婚呢？"

女郎笑吟吟地说："今晚来不及了，总得明早。"

求真说："明早就明早。"

　　小郭说："明早还有明早的事，明早再说。"

　　求真无法不摇头叹息，当年小郭也这么诸多推搪，终于弄假成真，结不成婚。他俩把求真送回家。

　　那夜，求真看到琦琦的信。

　　"求真，读到你们整理过的小郭探案故事，时光仿佛倒流，回去三十年不止，细节历历在目，然而已经物是人非，小郭其实并非一流侦探，他太有原则，太富感情，办起事来，感情丰富，懒洋洋。又开始怀念他了，无休无止，希望将来去到那更美好之地，我俩可以重逢，琦琦字。"

　　大家还能在另一个地方聚头吗，照样聊天扯淡，东家长西家短，完了饱餐一顿，开瓶好酒……求真叹口气，她把信笺压在镇纸下。

　　这一年过得特别宁静。

　　求真叫人来整理花园，园丁是个年轻小伙子，求真要求他种紫藤，用手势形容花串挂下摇曳曼妙之姿，谁知他摇摇头，说："多虫子。"

　　叫他种"滴血之心"，他又说："花种难求。"

　　求真叹口气，世事古难全。"那么，玫瑰花吧。"

　　小伙子眉开眼笑，说："有，方便。"

小郭探案故事继续在当地一份著名日报上发表，读者人数之多，取得压倒性胜利。

求真想趁机推出列嘉辉与许红梅的故事，奈何欠一个结局。

夏季到了，求真偶尔也会到园子坐坐。

一日正在树荫下阅报，忽然有一部车子轻轻停在门前。

求真抬起头，只见司机下车，拉开车门，轻轻扶出两个老人。

求真呆住了，她第一眼先看到那白发婆婆，吃一惊，脱口而出喊道："红梅！"

是，正是许红梅，她又老了，正缓缓向求真走来，朝求真笑了一笑，啊，一张脸犹如干梅一般，皮肤皱在一块，瘦且小，只余一双眼睛，仍然炯炯有神。

"求真。"

求真此刻又成为她的小辈。

许红梅打扮得非常整齐，她把手套缓缓除去，紧紧握住求真的手。

求真问："要不要进屋子去，怕不怕风大？"

"阳光很好，就在这里坐一会儿好了。"

在她身后的是列嘉辉，他拄着拐杖，仍然风度翩翩，欠一欠身，说："求真，你好。"

求真由衷地欢喜，说："列先生，你好。"

他俩终于一起终老。

"请坐。"求真让座。

"你们俩谈谈，我去巡一巡园子，花床打理得很好，嫣红姹紫开遍。"

许红梅轻轻转动一下颈上的珍珠项圈。

"红梅，你果然没有食言，你回来看我了。"

"我还不至于连这样的诺言都守不住。"

"是我多心多疑。"

许红梅微笑着说："求真，你我一见如故。"

这一贯是交代要事的开场白，人到了这样的年纪，要交代的是什么，不难明白。

求真不肯接受事实，顾左右而言他："你有没有再同列先生结婚？"

许红梅的听觉仍然相当好，当场答道："我想，只有我才能说，一纸婚书，对我俩来说，已不算一回事。"

求真笑得弯腰。

"求真，我俩因为相爱，衰老得快。"

可恨原医生的手术有缺憾。

"可是这一年内每个日子，我们都奇妙地度过，开头，我们是一对不相识的年轻人，身边各有伴侣，然后，我们钟情对方，跟着，我们一心恋爱，原医生成全了我俩，我们衷心感激。"

求真静静聆听。"那多好，最主要是当事人高兴。"

"现在我俩已白头偕老，求真，我已无所求。"

求真握住她的手，说："红梅，你浓缩的一生十分精彩。"

"是呀，都无暇理会世界大事，民生疾苦，生活细节。"

看得出通货膨胀、物价高企与他们一点关系都没有。

"呀，"许红梅凝视花畔的列嘉辉，"我们真是太幸福了，倘若再活那么三五十年，少不得日久生厌，初而口角，继而分手，现在多好，我们没有时间闹意气，亦无机会见异思迁。"

求真颔首。

"现在我们回到老家来终老。"

"是否要我做些什么。"

红梅摇摇头，说："也没有什么可做的，我同嘉辉的财产全部捐赠大学做奖学金，日常生活也不乏人照顾，我们真正可以安享晚年。"

心境那么平和，真正令人高兴。

"老朋友只要能够时时见面，余愿已足。"

"我一定常常来。"

"我们仍住在老宅里。"

这时，列嘉辉已走近。

许红梅笑道："他来催我了。"

他不舍她把时间用在别人身上。

许红梅先上车，列嘉辉跟求真说："一晃眼，她已满头银丝，可是在我眼中，她永远是个少女，你觉得她老吗？我不觉得。"

求真微笑。

"我仿佛昨天才认识她。"

黑色大房车缓缓驶走。

求真目送车子在弯角消失，放下心头大石，故事终于有了结局，她可以发表这一则传奇了。

为着纪念小郭先生，她仍把故事列为小郭探案系列之一。

故事一开始发表，郭晴便找上门来。

"他们回来了。"猜得很准。

"是。"求真并不企图隐瞒。

"他们现在是什么样子？"

"许红梅四只眼睛，列嘉辉的手足变为触须。"

"姨婆，请莫难为小辈。"

"看上去，他们似一对老人。"

"是很整齐漂亮的老人吧？"

求真点点头，说："他俩自有专人服侍生活起居。"

郭晴想了一想，说："晚年生活有着落，是很要紧的事吧？"

求真哑然失笑道："你说呢？"

"那么，要从何时开始为安享晚年做出准备。"

求真又反问："你说呢？"

"不用现在开始吧？"郭晴充满疑惑，"我才二十六岁，再过十年差不多？"可是他也不十分肯定，"抑或越早越好？岁月过得太快，转瞬间又一年，我该怎么办？"

求真拍拍他肩膀，说："晚上有空慢慢想通此事。"

"你呢，姨婆，你几时开始筹谋晚年生活。"

"说来话长，你有没有六小时？少一分钟都讲不完我的辛酸史。"

"人到了一定年纪，必定有点伤心史吧。"

　　求真似笑非笑看着他。"你想查姨婆的背景?"

　　小郭嘻嘻笑。

　　过一会儿,他问:"他们仍住在老宅里?"

　　"不要再去骚扰人家了。"

　　小郭想一想,说:"我添置了一些仪器,让我这样说,他们不会发觉有人骚扰他们。"

　　"小郭,你好比一只臭虫。"

　　小郭侧头想一想,说:"在叔公的语录中,从未提及有人叫他臭虫。"

　　"你怎么能同你叔公比。"

　　"是,他已逝世,得到的尊重,一定比我多千万倍。"

　　求真回忆到青年时与小郭先生争执的情形,她有叫过他不堪的称呼吗?从来没有,她一直敬佩他。

　　"请勿惊动二位老人家,不然我不会放过你。"

　　"得令。"

　　这次,小郭拍摄回来的是电影片段。

　　据小郭说,摄影机在一百米以外的山坡上,拍摄列家大宅的后园。

　　看日影时值黄昏,列嘉辉与许红梅正对弈,一人一步,其味无穷。

镜头推近，求真发觉他们玩的是一副兽棋，即大象吃老虎，老虎吃狗，狗吃猫，猫吃鼠，鼠又吃大象那种儿戏，求真莞尔，正是左右不过是玩耍取乐，何必深奥无比。

只听得列嘉辉问许红梅："凉不凉？"想把外套脱下搭她肩上。

可是立刻有看护上前为她加衣。

许红梅对列嘉辉一笑，缓缓站起来，把手臂穿进他的臂弯，说道："进去吧。"

"不多坐一会儿？"

"我觉得有人在偷窥我们。"

听到这句话，求真的脸都涨红了。

片段中止。

郭晴说："老太太真厉害。"搓搓手，吐吐舌头。

"你满意了？"

"满意。"

卜求真也很高兴。

过了两日，她正阅读，忽而眼困，轻轻倚在安乐椅上，不知不觉堕入梦乡。

开头睡得非常香甜，四周一片宁静，求真甚至同自己说，就此一眠不醒，也没有什么遗憾，稿件已全部写妥，搁案头上，她也没有什么事情需要交代，心境平安，毫无牵挂。

正在享受，忽见一人影冉冉入梦来，风姿绰约，朝求真招手。

求真定睛一看，来人却是许红梅。

许红梅年轻貌美，穿着上一个世纪式样的华服，笑吟吟说："求真，难为你一直对我好，今日我回去，你也不来送我。"

求真怔怔地道："你忽老忽小，我一时不知是你。"

红梅叹口气，说："求真，再见了。"

求真抢上前，问道："你去何处？"

正在此时，"嘭"一声响，求真自梦中惊醒，睁开双眼，只见案头大水晶花瓶摔倒在地。

她顿觉蹊跷，自椅上跃起，披上外套，驾车往列宅驰去。

新管家前来开门，说："老先生正休息——"

被求真一掌推开，一径闯进。

看护迎上来，问道："什么事，这位太太找列先生何事？"

"他们在哪里？"

"在书房——"

求真没听完她的话就奔过去推开书房门。

他们的确在书房里。

一架老式录音机正在轻轻播放一首不知名的老歌，歌手情意绵绵，哼出纠缠的字句。

许红梅躺在长沙发上，列嘉辉蹲在她身边。

"红梅！"求真唤一声。

两个人动都不动。

看护立刻趋前去观察。

这时，求真反而驻足不前，她缓缓伸出手，按熄了录音机，她听到的最后一句歌词是"要不是有情人跟我要分开，我眼泪不会掉下来掉下来"，求真低下头。

看护错愕地抬起头来。"十五分钟前，我才服侍他们服过药。"

求真轻轻问："他们平和吗？"

"你来看。"

求真走近一步，只见许红梅像睡着了一样，双手搁胸前，异常安乐；列嘉辉伏在沙发扶手上，一手按住许红梅的手。

求真点点头，他们仿佛还在对话，刹那间，动作与声音凝住。

看护说："我马上去通知王律师以及陆医生。"

求真缓缓退出。

大宅马上骚动起来，用人们都聚集在会客室议论纷纷。

求真觉得此处已没有她的事，便静静自大门离去。

各人竟没有注意到她走开，这神秘的女客来了又去了，稍后律师与医生都会问及她是谁，可是没人能够回答。

求真驾着小小房车，并没有即时回家，她把车开到郊外一个悬崖。

在小路尽头，她停好车，下车慢慢朝山坡走去。

她知道山坡上有一块极其葱绿的草地，在草地上，有一座灯塔，灯塔的另一边是悬崖，悬崖下是大海。

求真很熟悉这个地方，她常常来，不一定在心情欠佳的时候，高兴之际也喜欢来看看蓝天白云碧海，只是爬这个山坡上，颇需力气，近年她不大上来。

今日她虽然慢慢地走，也略觉气喘。

可是花些力气挨上去，她会得到报酬。

终于看到那座灯塔了，求真松口气。

可是，站在灯塔脚下，背对着她，站在悬崖边看海的高小子是谁？

连背影都那么俊朗潇洒，穿件黑色长风衣，山顶劲风吹来，衣袂飘飘，更添一股出世脱俗味道。

求真迟疑了。

没想到有人捷足先登，比求真更早，到这座灯塔边来冥思，别看那块草地那么大，其实只能容一个寂寞的人，一颗孤独的心。

求真想回头。

她不欲骚扰那高小子。

刚想转头，那人似听到身后有动静，蓦然转过头来。

求真喜出望外，喊道："原医生！"

可不正是浪迹天涯，可遇不可约的原医生。

"求真。"他的声音永远那么热情。

他过来紧紧握住求真的手。

从原医生头发凌乱的程度看来，他站在悬崖边，已经有一段时间。

他在这里干什么？求真纳罕。

但是原医生却知道她为何而来。

他一开口便说："你已同列嘉辉与许红梅二位道别了吧？"

求真点点头，十分怅惘。

"时间也差不多了。"

求真无奈地说:"我总是勘不破生关死劫。"

原医生说:"人类天性是喜聚不喜散的多。"

求真叹口气,说:"若有好,就必有了。"

原医生拍掌道:"好了好了。"

求真只得苦笑,过一会儿问:"你呢,原医生,你神仙似人物,为何到山顶来静思?"

原氏一呆。"你说什么,求真,你为何那样形容我?"

求真抬头,看到他双眼中充满哀愁。

"求真,我是千古第一伤心人,请你别再打趣我。"

"你?"求真冲口而出,"你英俊豪迈,无拘无束,才高八斗,相识遍天下,怎么还要伤心?"

原氏连忙摇头。"不敢当不敢当,我是一个极之委琐憔悴的人,只不过有点奇遇而已,手术又不够精湛——"他额角冒出汗珠来,"唉。"

"可是,我朋友琦琦经你诊治之后,外形无懈可击。"

"啊,琦琦,她有恩于我的朋友,我的朋友又有恩于我,不然我也不会做这种表面功夫。"

求真笑了,表面功夫,说得真好。

"风太大了，求真，我送你下去。"

"不，"求真答，"原医生，我知道你必定也在此哀悼一位敬爱的朋友，我自己下山得了。"

"多谢你，求真。"

"我可以明天再来。"而原氏明日不知要去宇宙哪一个角落。

"再见，求真。"

求真转身，一步步缓缓朝山下走去。

下坡路轻松得多，风又大，在背后一直送求真，求真毫不费劲噔噔噔就到了车子旁边。

就像四十岁以后，一年一年又一年，不知为什么过得那么快。

她抬头看看天，紫色的晚霞已经笼罩下来。

求真连忙低下头，驶走车子。

第一次看这样颜色的晚霞，是在哪一年同哪一个人呢？唉，得好好想一想，当时年少，衣衫又窄又薄，看见什么都笑，笑声一直似银铃……

图书在版编目（CIP）数据

天若有情 /（加）亦舒著. -- 长沙：湖南文艺出版社，2022.1
ISBN 978-7-5726-0400-3

Ⅰ. ①天… Ⅱ. ①亦… Ⅲ. ①长篇小说—加拿大—现代 Ⅳ. ① I711.45

中国版本图书馆 CIP 数据核字（2021）第 208868 号

上架建议：畅销·小说

TIAN RUO YOU QING
天若有情

作　　者：[加]亦舒
出 版 人：曾赛丰
责任编辑：匡杨乐
监　　制：毛闽峰
策划编辑：李　颖　陈　鹏　肖雅馨
特约编辑：孙　鹤
营销编辑：刘　珣　焦亚楠
版权支持：姚珊珊
封面设计：尚燕平
版式设计：李　洁
出　　版：湖南文艺出版社
　　　　　（长沙市雨花区东二环一段 508 号　邮编：410014）
网　　址：www.hnwy.net
印　　刷：三河市兴博印务有限公司
经　　销：新华书店
开　　本：875mm×1230mm　1/32
字　　数：126 千字
印　　张：7.5
版　　次：2022 年 1 月第 1 版
印　　次：2022 年 1 月第 1 次印刷
书　　号：ISBN 978-7-5726-0400-3
定　　价：49.80 元

若有质量问题，请致电质量监督电话：010-59096394
团购电话：010-59320018